Corinna De Cesare

CIAO PER SEMPRE

Romanzo

SALANI EDITORE

ISBN 978-88-3100-750-4

Per essere informato sulle novità
del Gruppo editoriale Mauri Spagnol visita:
www.illibraio.it

Questa opera è frutto della fantasia dell'autore.
Ogni riferimento a fatti realmente accaduti e a persone realmente esistenti
è da considerarsi puramente casuale.

dal 1862
Gruppo editoriale Mauri Spagnol
Milano
www.salani.it

«Dedicato a tutti quelli che stanno scappando».
Mediterraneo, Gabriele Salvatores

Sembrava che il destino di tutta la famiglia Lolli fosse sempre stato quello di scappare dalla Puglia: negli anni Cinquanta era stato il turno della nonna e quarant'anni dopo era toccato a loro. Era il 1° gennaio del 1999 quando se n'erano andati, lasciandosi alle spalle le campagne innevate a bordo di un'Alfa Romeo carica di valigie, zaini e un bel po' di lacrime sulle guance mentre le casse della radio trasmettevano Alanis Morissette e ufficializzavano la nascita dell'euro.

«*Anna purtè tott au' sfasc'*», devono portare tutto allo sfascio, aveva detto il signor Lolli sedendosi al volante, per commentare l'arrivo della moneta unica.

Margherita l'aveva lasciato parlare mentre poggiava assonnata la testa al finestrino. Aveva chiuso la portiera a fatica, e non solo perché l'auto era strapiena: sotto i piedi, tra due bottiglie d'acqua e un piccolo thermos di caffè, le bretelle del suo Invicta Jolly 4 si erano incastrate tra la cintura anteriore dove era seduta la madre e la cerniera del suo sportello. Il signor Lolli aveva messo in moto e per tutto il viaggio nessuno si sarebbe accorto che le bretelle erano rimaste così, mezze dentro e mezze fuori a sventolare nell'aria gelida. Un po' di qua e un po' di là, esattamente come sarebbe diventata da quel momento la loro vita.

Erano partiti all'alba perché quello, sosteneva il signor Lolli, era l'orario 'buono', con la neve ancora fresca e immacolata, la concentrazione alta, il poco traffico sulla strada. Ma nelle poche ore di riposo della notte, più che riposare, aveva pensato senza sosta a tutti gli anni trascorsi in Puglia. Gli erano apparsi in fila indiana, tra i botti di Capodanno, e a ogni scoppio comparivano nella sua testa le diapositive della sua famiglia.

Bum.

Il viso di sua figlia su un'ecografia.

Bum.

Le urla in sala parto dove non l'avevano fatto entrare.

Bum.

Le ginocchia sbucciate di Margherita, poi diventate gambe di donna.

Bum.

In un viaggio qualunque, Margherita si sarebbe messa a dormire facendo del suo Jolly 4 un cuscino di fortuna. Invece quella volta non aveva sonno, nonostante la notte per lei fosse trascorsa pensando ad Alberto e ad Angela, ai corridoi del liceo che avevano occupato insieme tante volte per motivi quasi sempre inutili, al muretto vicino casa diventato un confessionale per adolescenti, al messaggio che le era apparso a mezzanotte e un minuto sullo schermo del suo Nokia 3210: 'nonostante TUTTO, ti amo'.

Aveva aperto la cerniera dello zaino per guardarlo ancora, quel messaggio, ma ogni volta era una fitta al petto sempre più forte perché quel TUTTO in maiuscolo non era stato messo così a caso.

Margherita aveva alzato il collo quando l'Alfa era passata davanti casa di Alberto. Suo padre la vide dallo specchietto perché in quel momento stava pulendo il lunotto posteriore con il tergicristallo. La patina di ghiaccio che durante la notte si era formata sui vetri si stava sciogliendo, e dall'alba aveva cominciato a scendere una pioggerellina che sporcava ulteriormente la vista.

Il signor Lolli avrebbe voluto dire qualcosa a sua figlia, sdrammatizzare con una battuta a effetto come quelle che faceva ai clienti del negozio, facendo sfoggio di un'innata dose di autoironia. Ma il tempo di pensare a tutte quelle cose e la casa di Alberto era già lontana un paio di chilometri. Margherita aveva di nuovo la testa poggiata al finestrino, le dita sui tasti del telefonino.

All'improvviso erano comparse le Murge, illuminate dal biancore della neve, che avevano dato a tutti una sorta di sollievo. 'Il nostro Grand Canyon' le esaltava la nonna, paragonando le montagne carsiche a quelle dell'Arizona che aveva visto in tv, un tubo catodico da venti chili piazzato al centro del salotto su una robusta libreria di legno massello. Quella libreria, come altri mobili, era rimasta lì per un'eternità, ovvero fino a quando una scossa di terremoto, nel '92, si era propagata dall'Abruzzo fino a Roma, facendo crollare qualche mensola in un effetto domino che finalmente l'aveva convinta ad ammodernare la 'reggia'. La chiamava così, la sua casa, benché fosse un appartamento come tanti: una cucina spaziosa, il salone con il camino che si era ostinata a far mettere dal marito, due bagni e due camere, compresa la stanzetta dov'era cresciuta la madre di Margherita e dove anche lei dormiva d'estate quando stava dai nonni.

«Vai a Roma?» le chiedevano i compagni di classe quando iniziavano a portare le maniche corte e il sole batteva forte sulla lavagna rendendola quasi incandescente. A quella domanda seguiva in genere un lungo elenco di richieste in vista del viaggio nella capitale: Crystal ball e

Polly Pocket durante le elementari, cd e Smemoranda alle medie, biglietti per i concerti e Dr. Martens originali al liceo.

I mesi trascorsi a Roma erano un mosaico spensierato di corse in bicicletta e sere a far tardi, mesi in cui la monotonia della provincia veniva spazzata via dall'eccitante frenesia di città e ogni giorno poteva rivelarsi diverso dall'altro: una mattinata sul litorale romano, un pomeriggio all'acquapark, una sera afosa trascorsa in un cinema all'aperto con le cosce sudate che si attaccavano alle sedie di plastica. Una centrifuga dopo la quale era persino piacevole tornare alla normalità di Collina, carica di aneddoti da raccontare ai compagni di scuola.

Poi la nonna si era aggravata e le centrifughe estive erano diventate sempre più brevi e meno intense, fino a diventare un ricordo d'infanzia per Margherita, nata e cresciuta in Puglia e trasferitasi a Roma durante la prima alba del 1999.

Capitolo 1

Collina d'Oro, agosto 2013

Non erano mai stati capaci di venderlo quell'appartamento: non lo aveva fatto la nonna dopo il suo trasferimento a Roma e non lo avevano fatto neanche i genitori di Margherita, che l'avevano seguita anni dopo lasciando qualche mobile e seminando oggetti qua e là. In cucina erano rimaste alcune pentole usate, un cucù appeso alla parete con le lancette ferme alle sette e quaranta di chissà quale giorno, un televisore Mivar non funzionante e un vaso di creta bianco su una mensola sbilenca. Gli angoli del soffitto avevano perso il candore di un tempo e anche i muri erano testimoni di una routine familiare ormai remota, fatta di candeline spente, giochi con i cugini sotto il tavolo di legno tarlato del soggiorno, pranzi della domenica e altre immagini di vita, diventate ormai solo piccole ombre scure sulle pareti. Non era rimasto più niente, se non i ricordi racchiusi in quelle quattro mura, certi armadi ancora pieni come di chi fugge all'improvviso e qualche lontano parente da sentire per gli auguri di Pasqua e Natale. Ora però la famiglia Lolli era di nuovo in Puglia, in quella casa a Collina d'Oro, riunita nel salone in stile liberty che puzzava di naftalina, ad accogliere silenziosamente la bara.

«Mettiamola lì, dove c'è più spazio» indicò la signora Lolli ai becchini. E loro la sistemarono nell'angolo del salone, dove un tempo c'era il pianoforte di Margherita ricoperto di bomboniere e cornici d'argento. In quella più grande c'era una foto di lei il giorno della prima comunione, con una spiga in mano, le sopracciglia folte e i capelli lunghi raccolti in una treccia che le scendeva di lato sulla spalla destra.

«Sorridi!» le aveva urlato la madre appostata dietro il fotografo. Ma sin da piccola Margherita aveva maturato una tendenza sovversiva che iniziava a manifestarsi da certe piccole cose, in grado, a lungo andare, di svelarne l'intera personalità: le scarpette di danza buttate nella spazzatura, le note sul diario nascoste, le occupazioni al liceo in prima fila, gli imperativi mal digeriti.

«No» aveva risposto, quella volta come mille altre.

La foto era comunque finita nella cornice, perché come tutti i genitori i Lolli avevano imparato a ridere di certi spigoli del carattere della figlia, amandola anche per quelli – ché ad amare i pregi, diceva nonna Carmela, *so' tutti bboni.*

«Prof, ti senti bene?» le aveva chiesto Omar la sera prima della partenza, dopo averla vista prendere, guardare, poggiare e ancora riprendere il telefono sul tavolo della cucina, in un loop infinito. Margherita era seduta lì da più di mezz'ora senza fare nulla, se non osservare compulsivamente il cellulare e, poco più in là, il posacenere pieno di cicche che nessuno dei suoi coinquilini si era preso la briga di svuotare. Non lo aveva fatto Anna, ritornata per l'estate in Calabria dai genitori; non lo aveva fatto Enrico, impegnato su chissà quale set cinematografico a Fiumicino; non lo aveva fatto Omar, che in quanto non fumatore si riteneva esentato; e in verità non lo aveva fatto neanche Margherita. Stufa di sentirsi una ragazzina, aveva deciso di lasciare casa Lolli e di affittare un appartamento in condivisione con tutti loro, ma si malediceva ogni volta che vedeva quel posacenere trasformarsi in una piramide gialla maleodorante.

Il messaggio di sua madre era arrivato quella mattina stessa, dopo diverse chiamate a vuoto: 'Noi stiamo partendo ora in macchina, tu come vieni? Rispondi!'.

Lei aveva aspettato un bel po' prima di richiamarla, poi aveva comprato online il biglietto del treno per il giorno seguente.

«Ho un po' di brividi ma non credo di avere la febbre» aveva risposto a Omar, poco convincente.

«Forse un po' di stanchezza?» aveva chiesto lui spegnendo la tv che nessuno dei due, in effetti, stava guardando.

Margherita aveva alzato le spalle senza aggiungere altro, ma aveva cominciato a sfregarsi lo sterno con i polpastrelli fino a farlo diventare a chiazze. Le succedeva sempre quando mentiva, e anche il silenzio era una bugia dietro cui cercava riparo ogni volta che voleva proteggersi. Da cosa, però, non lo sapeva neanche lei.

Da fuori arrivava odore di kebab, ne avevano aperto uno là sotto qualche mese prima ed era stato più volte un salvacena, quasi al pari dell'indiano nella strada a fianco. Ma quel tanfo, d'estate, si faceva bollente e appiccicoso. Omar chiuse la finestra e se ne tornò in camera sua a studiare per la tesi di settembre.

Margherita aveva sperato, prendendo casa in zona Marconi, vicino a Roma Tre, di trovare una di quelle sane e goliardiche camerate che ai tempi dell'università, quando viveva ancora coi suoi, aveva invidiato alle sue compagne di studi che arrivavano da ogni parte d'Italia. Invece là dentro lei era la più vecchia e i 'ragazzi' la trattavano con un distacco che la relegava senza appello al mondo degli adulti. Per loro Margherita Lolli, insegnante di storia e di italiano, non era la bambina imbronciata che buttava le scarpette di danza, ma la trentatreenne precaria che stava sempre per conto suo, che parlava poco e quando lo faceva era per rompere le palle sui mozziconi nel posacenere e sulle tazzine del caffè dimenticate nel lavello.

Il rossore sullo sterno non era andato via per il resto della sera e, oltre ai brividi, Margherita sentiva sul petto una pressione soffocante che risaliva fino alla gola. La valigia l'aveva preparata così, con lo stomaco sottosopra e quasi di nascosto, chiudendo la tenda del balcone come se qualcuno, dal palazzo di fronte, potesse vederla. Il giorno dopo, di buon'ora, aveva messo a posto la sua stanza e infilato le ultime cose in valigia. Si era chiusa la porta alle spalle piano piano, per non dover dare giustificazioni a Omar, e solo una volta arrivata alla stazione della metro B si era sentita un po' meglio.

Aveva preso il treno verso Fiumicino, il volo per Bari e infine un regionale fino a Barletta che portava la solita ora abbondante di ritardo, con i bocchettoni dell'aria condizionata rotti. Dai finestrini aveva riconosciuto i campi secchi e le strade curve e deserte di agosto, abbandonate per le più attraenti mete del mare. Un dedalo di vie polverose che dai monti Dauni, schietti e selvaggi come i briganti, l'aveva accolta verso sud tra i fianchi morbidi del Tavoliere. Qui, i terreni paludosi si trasformavano, dalla primavera in poi, in mosaici dalle mille sfumature che davano il meglio di sé, come i pavoni che aprono la coda per impressionare la femmina.

Quando, oltre i vetri sporchi, aveva visto le Murge, lo stomaco aveva smesso di dolere.

Appena era scesa, il capostazione aveva suonato il fischietto per far ripartire il collega del vagone in testa, mentre con l'altra mano roteava una paletta verde e bianca. I binari splendevano cocenti sotto al sole, e l'unico sollievo dalla morsa del caldo arrivava dalle chiome dei pini sotto le quali si erano riparati due passeggeri in attesa. La guardavano e Margherita guardava loro in un gioco a riconoscersi che era tipico di quei luoghi dove quasi nessuno arrivava mai per caso. Quella sospensione si era rotta quando Margherita si era messa a consultare il tabellone dei bus – senza trovare quello che sperava – e ognuno aveva rivolto l'attenzione altrove.

Si era incamminata verso il centro trascinandosi dietro la valigia che sussultava a ogni avvallamento dell'asfalto e spezzava il silenzio della controra. Con le poche macchine che aveva incrociato si era ripetuto il gioco degli sguardi, ma in nessuno Margherita era riuscita a riconoscere un volto. Arrivata sul corso con la maglietta fradicia, si era fermata all'ombra di un balcone per raccogliere i capelli in una coda che le aveva allungato la nuca e svelato il petto, esuberante come quello di tutte le donne di famiglia. Aveva poi ripreso a camminare guardando sotto i piedi le venature rosa dei lastroni di marmo che portavano alla scuola a forma di M e al giornalaio di vico Storto dove un tempo, la domenica mattina, il signor Lolli comprava regolarmente la *Gazzetta*. Aveva visto l'Ofanto in una piccola curva quasi secca e puzzolente, poi alzando gli occhi verso piazza San Sebastiano era comparsa la grande fontana centrale coi tavolini del bar De Bonis. I manifesti sui muri annunciavano il programma della festa patronale, la sagra del fungo cardoncello, i fuochi d'artificio. La pubblicità del cinema Andromeda informava: 'Arriva il primo multisala a Collina'. C'erano anche i necrologi per nonna Carmela: 'I figli Carla e Stefano la ricordano con affetto insieme ai nipoti Margherita, Nino e Angelica'.

Le rotelle della valigia rimbombavano a ogni angolo, persino in via Ugo Bassi, dove lo sguardo di Margherita aveva incrociato quello di due massaie in ciabatte impegnate a stendere sulla strada un telo di juta ingiallito dal sole. Si erano interrotte ma soltanto per un attimo, giusto il tempo di chiedersi chi fosse, poi avevano ripreso il loro lavoro fermando il telo con i sassi alle due estremità. Dall'altra parte del marciapiede, a osservare la scena, c'era pure Sebastiano detto 'Ninuccio', che di Collina d'Oro conosceva tutto a memoria, ogni nascita e ogni morte, tanto più che di mestiere faceva il custode del cimitero – e davanti ai morti, si sa, la gente si confessa più volentieri. Aveva vissuto i tempi del baby boom, quando a Collina si campava di uva e di olio; nei Sessanta aveva fatto il muratore e suonato la chitarra con i pantaloni a zampa d'elefante; nei Settanta aveva visto quasi tutti gli amici diventare *pulentùn* ed emigrare a Torino. Aveva risolto la lite tra le famiglie Mangione e Ramundo – altro che Montecchi e Capuleti – e conosceva ogni sacrosanto metro quadrato di terreno coltivato a grano che aveva dato al paese quel nome fiabesco e anche un po' ridicolo, perché d'oro in effetti c'erano solo le infinite distese di spighe. Tant'è che tutti tendevano ad abbreviare quando parlavano di 'Collina'.

Le massaie erano sparite veloci dietro le tende di casa ed erano ricomparse subito dopo con una bacinella celeste talmente pesante che avevano dovuto abbracciarla in due, una da un lato e una dall'altro.

«*Aspe', aspe'*».

«*E dall Gine'*».

«*Accusì s' romb*».

«*Naun, statt tranquell*».

Margherita aveva sorriso, perché dopo tutti quegli anni capiva ancora il dialetto. Merito del 'ratto della sabina', come lo chiamava sua nonna, che ricordava così l'incontro della figlia Carla con il signor Lolli. Lui passeggiava a Roma su via del Corso insieme a un gruppetto di commilitoni, dentro una divisa verde bottiglia che gli pizzicava le gambe. Lei, con alcune compagne di scuola, si era fermata un attimo davanti ai muri di marmo di via dei Sabini per leggere i manifesti attaccati abusivamente dalle femministe: 'Le donne hanno le loro colpe, gli uomini ne hanno solo due: tutto ciò che dicono e tutto ciò che fanno'.

E lui, d'improvviso, si era inginocchiato davanti ai suoi piedi. «Chiedo perdono, sono colpevole» aveva urlato, unendo i palmi delle mani in un gesto plateale e sporcandosi i pantaloni della divisa all'altezza delle ginocchia. Lei, da parte sua, era scoppiata a ridere. Non tanto per la sceneggiata in sé, ma per quelle vocali chiuse come le porte della vicina Chiesa del Gesù. Il ragazzo le pronunciava proprio allo stesso modo di sua madre, che anche se viveva a Roma da più di vent'anni, quando si arrabbiava con lei si faceva scappare le vocali chiuse del Sud, l'accento della valle dell'Ofanto che la futura signora Lolli non aveva mai potuto visitare fino ad allora.

C'era una sorta di avversione, nella sua famiglia, nei confronti di quelle origini, tanto esaltate in pubblico per la loro bellezza, quanto rinnegate in privato per motivi poco chiari. Ma il passato spesso si riaffaccia dalle porte secondarie, esattamente com'era successo negli anni Settanta a quella ragazza mentre passeggiava su via del Corso, che aveva incontrato un soldato di leva dello stesso paese di sua madre e se l'era sposato.

«Chiedo perdono, sono colpevole» era diventato un tormentone in casa Lolli, e se dopo tanto tempo continuava a farli ridere era anche perché quella era rimasta una delle poche volte in cui il papà di Margherita non si era espresso in dialetto. La lingua del cuore, la chiamava lui, che era figlio di commercianti e considerava il dialetto sacro quanto il portafogli. Il denaro era sempre stato, in casa sua, un tema di discussione onnipresente: dai prezzi al guadagno, dalle fatture ai contributi da pagare, era un continuo parlar di soldi dalla mattina alla sera. L'unico a fare eccezione era proprio lui, che aveva non solo il pallino della lettura, ma pure quello della musica; per un ragazzo nato povero tra le campagne del Sud, quella era una stravaganza troppo difficile da perdonare. Sul suo comodino, di fianco alle pasticche per il colesterolo e a una piccola abat-jour, il signor Lolli non aveva mai rinunciato a tenere qualche libro. Leggeva con avidità, prendendo in prestito i volumi in biblioteca e siglando con orgoglio quelli che invece comprava e riponeva sugli scaffali della sua personale libreria: sul frontespizio scriveva giorno, mese e anno, seguiti dalla firma *Mario Lolli*, con quella 'i' finale allungata dall'inchiostro. Era forse l'unico indizio che facesse intendere che, in fondo, la vita di bottega gli era sempre andata un po' stretta. Se era o meno così, lui però non lo dava a vedere e neanche incolpava i suoi per quell'eredità che lo aveva allontanato per sempre dal sogno della laurea, considerata una meta impossibile agli occhi di una famiglia come la sua. All'epoca il rancore non era contemplato nel rapporto tra genitori e figli, e il rispetto veniva costantemente sottolineato dall'uso del 'voi'. E così, persino quando la nonna era ormai vecchia, Margherita era adolescente e la modernità degli anni Novanta aveva fatto irruzione nelle case attraverso il Bimby e le videocassette del Blockbuster, suo padre aveva continuato con quell'ossequiosa riverenza.

«*Voi tutt'appost, mà?*»

«*Vi sentite bun? Avit mangiat?*»

«Voi chi?» chiedeva sottovoce Margherita assistendo a quello scambio di battute.

«*Reir, reir*» brontolava il padre.

Quando le massaie di via Ugo Bassi ebbero finito il lavoro, Margherita aveva realizzato: le due donne avevano steso sul marciapiede una raccolta di mandorle senza mallo, messe al sole ad asciugare nelle ore più calde.

«Andavamo *pe' campi*» le aveva spiegato una volta sua nonna, «e diventavamo per un giorno tutte contadine. Raccoglievamo le mandorle e poi a casa, tutte insieme, a *sguscia' e spettegola'*».

«E poi?»

«E poi le mettevamo *pe' strada ad asciuga'*».

«Perché?»

«Perché chi le comprava le voleva asciutte».

«E perché?»

«Perché *se vendevano così*, secche. E poi sai cosa facevamo?»

«Cosa, nonna?»

«Mettevamo i bambini *a corre* tra le mandorle e loro *un po' se facevano male, un po' se divertivano e un po' ce giravano co' i piedi le mandorle*, ché servivano secche sia da un lato che dall'altro».

«E poi?»
«Poi è arrivata la civiltà».

Quando finalmente Margherita era arrivata a casa, sua madre stava sradicando le erbacce in giardino. Si era fatta largo tra i cespugli e le belle di notte, destinate a sbocciare solo molte ore dopo, nel buio. Lei la osservava graffiarsi i polpacci con l'ortica mentre ogni tanto, con la canotta zuppa di sudore, cercava riparo dal sole con l'aiuto della mano. Poi Carla si era girata e l'aveva salutata puntando lo sguardo nella sua direzione, con gli occhi gonfi di chi ha dormito poco.

Il caldo non dava tregua, men che meno in quella casa che sembrava un desolato puntino nero su un foglio bianco: pur essendo infatti ad appena un chilometro dal centro, vicino allo stradone di corso Umberto e al vecchio ospedale San Francesco, vi si accedeva solo attraverso uno sterrato di piccolissime pietre bianche che a quell'ora erano incandescenti. Tutto intorno la campagna avvolta dal sole d'agosto, rovente come solo in Puglia sa essere.

«Perché non sei partita con noi?» aveva chiesto la signora Lolli andandole incontro.

«Dovevo chiudere una cosa di lavoro» aveva mentito lei.

Se c'era una cosa che Margherita aveva imparato in tutti quegli anni lontano da Collina, era proprio quella: nascondersi, procedere per sottrazione, non concedersi e, nel dubbio di sbagliare, mentire. Mentire a Omar sulla partenza, mentire a sua madre per non viaggiare tutti insieme, mentire sempre, soprattutto a se stessa. Tanto da sentirsi, sempre più spesso, come il protagonista di quel romanzo che aveva assegnato alla quarta A del liceo classico Giulio Cesare: un giorno un tizio esce di casa e non torna più, ma anziché allontanarsi si apposta nel palazzo accanto al suo, per vedere la sua vita scorrere senza di lui.

Lei lo faceva da sempre, ma questo ai suoi studenti non lo aveva detto mai.

Nel salone fu allestito un enorme banchetto funebre, con i thermos di caffè preparati dai vicini, le pizzette calde, i rustici freddi posati sulla vecchia credenza.

La nonna era stesa lì, poggiata su un cavalletto a forma di X e circondata da attenzioni morbose. Gli ultimi giorni era stata attaccata all'ossigeno con dei tubicini che le avevano lasciato dei segni rossi intorno al naso. Era l'unica traccia evidente delle pene sofferte: le piaghe da decubito intorno al collo e sulla schiena erano sparite, esattamente come la sofferenza degli ultimi anni. Aveva il viso sereno dei giorni felici, e Margherita pensò che forse era proprio vero che la morte è solo l'inizio del secondo tempo.

La stanza era avvolta dall'afa, che la signora Lolli aveva cercato di ingannare abbassando le tapparelle per metà e creando una piacevole penombra. Ma un rivolo di luce colpiva direttamente la fronte della salma, creando un disegno luminoso e bucherellato.

«*Signò*, è agosto» le fece notare uno dei becchini.

«E quindi?»

«*Quindi n'ama mooov!*»

«In che senso?»

«Ci dobbiamo muovere! *Abbasc' tott la tapparell ca i morti so' come u pesc', dopo tre giorni fiitano*».

Capitolo 2

La signora Lolli aveva ripulito tutta la casa, tolto di mezzo le ragnatele e fatto sparire le lenzuola bianche poggiate sui mobili a evitare la polvere. Quei gesti le avevano ricordato i primi tempi del suo matrimonio, quando l'appartamento disabitato della madre era diventato il posto dove cominciare con entusiasmo la sua vita coniugale. Mentre metteva a posto aveva pensato a quello strano gioco del destino per cui i fatti più importanti della sua esistenza erano accaduti proprio lì dentro, tra quelle quattro mura. Le stesse a cui, se avesse potuto, nonna Carmela avrebbe volentieri dato fuoco.

Margherita non poteva dimenticare le interminabili telefonate tra le due, le loro urla, i pianti su quel filo del telefono a rotella che allungava ulteriormente una distanza fisica ed emotiva già enorme. Tant'è che sua madre, per farle passare un po' di tempo con i nonni, si era convinta che l'unico modo fosse raggiungerli a Roma. Non succedeva mai il contrario, loro non andavano mai a trovarli giù.

Margherita aveva provato a capirci qualcosa.

«Perché sei arrabbiata con nonna?» le aveva chiesto senza mezzi termini, quando era ancora bambina.

Ma la madre, che non voleva essere di cattivo esempio,

minimizzava: «Macché arrabbiata, sono scaramucce, litigi benevoli per cose stupide».

«E perché?»

«Perché ogni tanto tra adulti capita».

«Ma con la nonna capita spesso».

«È perché siamo lontane e non ci capiamo».

Quando poi Margherita andava a stare a Roma per le vacanze estive, faceva le stesse domande anche alla nonna, ma il risultato non cambiava.

«Che succede con mamma?»

«Ma niente, amore, niente».

«Se non è niente, perché litigate?»

«Perché *se volemo bbene*».

Una cosa sola era certa: che alla figlia, nonna Carmela non aveva mai perdonato il trasferimento a Collina.

Quando la signora Lolli era rimasta incinta di Margherita e, con il gel ancora sulla pancia, aveva scoperto di aspettare una femmina, aveva tirato un sospiro di sollievo, perché lei quel rapporto intimo e amorevole che aveva sognato di avere con sua madre non lo aveva provato mai. Non lo aveva mai sentito, nelle ossa, nel sangue, sotto la pelle. Il cordone era stato per tutta la vita un cappio che la lasciava senza respiro.

Carla tirò giù la corda della tapparella del salone come se dovesse strapparla e fece la stessa cosa nelle altre camere. Dal soggiorno riconobbe da lontano la vecchia fontana per l'abbeveraggio dei cavalli dedicata a un condottiero saraceno con la scritta '*Fortitudo eius Rhodum tenuit*'. Lì, un tempo, le donne di famiglia si recavano tutte assieme a lavare i panni, compresa Carmela che sul tavolino in salotto conservava una foto in bianco e nero di lei inginocchiata davanti alla fontana, insieme a zia

Gemma e a sua madre: tutte e tre, piegate in avanti, con le mani insaponate e con il capo protetto da un fazzoletto di cotone a fiori. Poi, una volta strizzati bene bene, i panni si stendevano ad asciugare sui fili di grano alti e non ancora arati. Quante volte, in primavera, la signora Lolli se n'era andata lì con la figlia piccola, a passeggiare e a prendere il sole sognando un giorno di farlo anche con la madre. Non era accaduto mai.

Da sua madre la signora Lolli aveva ereditato il portamento, i capelli chiari lunghi fino alle spalle e le scapole snelle diventate ossute dopo vent'anni di nuoto a livello amatoriale. Gli sport in generale erano sempre stati la sua fissazione, ma era nella corsia della piscina che passava più tempo in assoluto. Era capace di allenarsi anche per due ore di fila, facendo quattro vasche al minuto senza staccare gli occhi da quel pavimento smaltato che somigliava un po' alla sua vita piatta e dritta. Quando aveva conosciuto Mario aveva rinunciato a tutto, compresa la sua città, la passione per la medicina, i suoi genitori – e anche se non l'avrebbe ammesso neanche sotto tortura, un po' si era pentita. Perché, senza neanche rendersene conto, si era arresa anticipatamente al ciclo della vita. E ora che anche Margherita era diventata donna e aveva fatto, in segno di un'insensata ribellione, scelte diametralmente opposte alle sue, era diventata lo specchio di un'esistenza che Carla non aveva mai potuto avere.

Entrò nella camera della figlia come faceva un tempo, in punta di piedi, e con la scusa di chiudere la tapparella iniziò a sbirciare di qua e di là. I mobili erano rimasti esattamente come li avevano lasciati quando erano partiti: a sinistra della finestra il letto, a destra la scrivania fatta su misura con ancora qualche libro coperto di polvere. Sembrava quasi che non fossero mai andati via del tutto, se non per il tanfo di chiuso e per una mensola piena di fogli e scartoffie che aveva iniziato a cedere, piegandosi su un lato.

In un cassetto della scrivania trovò una vecchia Smemoranda, delle matite spuntate e due schede della Sip da cinquemila lire per chiamare dalle cabine telefoniche. Aprì il diario e per un attimo si mise a leggere le confessioni della sua bambina, sorridendo al pensiero di quanto fosse cresciuta. Era pieno di foto, citazioni e segreti adolescenziali. Là dentro c'era tutto il suo mondo: l'amore per Alberto, le canzoni di Vasco, i Nirvana, la sua migliore amica Angela che a tredici anni mostrava con orgoglio la propria bellezza, esplosa senza preavviso insieme alla primavera. Era stata punita con l'Uniposca sui muri dei bagni della scuola.

Angela batte sulla SS 98
Angela si scopa Giovanni
Angela fa le seghe a scuola
Questo è il numero di Angela: 0883.982048
Angela fa la battona
Angela fa i pompini a Enzo
Angela ascolta gli 883

Ma l'unica colpa di Angela era di non aver bisogno di riempire i reggiseni con il cotone. Aveva i capelli scuri e gli occhi furbi di chi ha già capito che i giudizi della gente sono velenosi come i dolci per i diabetici.

Le due ragazzine si rinchiudevano per ore in quella stanza, che diventava un fortino inviolabile per la signora Lolli, costretta a urlare quando doveva chiamare la figlia per cena o per altre incombenze familiari, proprio come faceva con lei sua madre tanto tempo prima. Anni interi a correre e sudare sulle piste di atletica, ma era stata poi la vita a insegnarle, senza particolari sforzi, il senso della staffetta. Il passaggio di testimone si era compiuto ben presto: la signora Lolli, proprio come sua madre Carmela, aveva preso subito a trattare sua figlia con modi stanchi e nervosi.

«È isterica» ripeteva spesso Margherita all'amica, alzando il volume dello stereo.

«Be', almeno lei c'è».

«Ma non dire fesserie, anche i tuoi ci sono».

«Mio padre è spesso fuori per convegni, e mia madre lo segue come un cagnolino».

«Ma è normale, fanno lo stesso lavoro».

«Non è per quello, giuro». Era rimasta per un attimo in silenzio, prima di aggiungere: «Una volta l'ho sorpresa che origliava una sua telefonata».

«Magari sospetta che ha l'amante».

«Con quel panzone? Ma chi se lo piglia».

«Guarda che tuo padre è un bell'uomo».

«Ma la smetti?»

«Con quella erre moscia, il medico luminare, che ne sai. Alle donne piace».

«Falla finita che mi viene da vomitare».

«Per così poco?»

«È pure troppo».

I pomeriggi li trascorrevano così, Angela e Margherita, quando ancora si parlavano, quando l'una era la spalla dell'altra e la rabbia non aveva ancora preso il sopravvento, quando Margherita viveva ancora a Collina e sapeva reagire alle emozioni. Quando le menzogne non erano ancora uno scudo usato persino tra loro.

Angela era entrata in casa senza togliersi gli occhiali da sole, ma Margherita l'aveva riconosciuta proprio dallo sguardo nascosto sotto le lenti scure, e dai tratti del viso spigoloso, incorniciato dai folti capelli neri. Il prete aveva cominciato a recitare il rosario seguito dal fedele coro di vecchiette e lei era lì, che la guardava con la schiena dritta e fiera poggiata sullo stipite della porta.

Quand'era piccola, Angela portava un busto per la scoliosi che sembrava un guscio di tartaruga: era costretta a tenerlo tutti i santi giorni, estate compresa, e nonostante facesse la dura, le prese in giro dei compagni di classe le facevano male. Ora quel ricordo era un regalo riservato solo agli amici più intimi.

Si era avvicinata e aveva salutato Margherita come se gli anni trascorsi senza vedersi e raccontarsi la vita non fossero mai esistiti. Le aveva sorriso a modo suo, le labbra appena socchiuse, il sopracciglio sollevato come a dire 'tra me e te non c'è mai stato bisogno di sprecare parole'. Aveva ragione: Margherita la seguì fuori dal salone e poi giù per le scale, verso il giardino e la strada sterrata.

Il silenzio era rotto a tratti dagli sbuffi del caldo che pareva volesse inghiottire tutto, pure loro due. Presero la direzione del corso da cui spuntavano le finestre delle case, tenute chiuse per ripararsi dall'afa, e poi girarono a sinistra verso il vecchio ospedale, un palazzone grigio di tre piani con l'intonaco crepato di cui era rimasto ormai solo un presidio medico. A fianco, vecchie panchine di legno osservavano la strada come cani da guardia rivolti verso corso Vittorio Emanuele, che di regale aveva ormai ben poco: le luminarie con motivi barocchi e qualche portone di casa patronale dei primi del Novecento con il cartello 'Vendonsi Locali'.

«Come stai?» le chiese finalmente Angela.

Margherita aprì la bocca ma non seppe rispondere. Una lacrima involontaria le rigò la guancia. Se l'asciugò in fretta con la nocca dell'indice destro, vergognandosi. Poi abbracciò forte l'amica al petto, vergognandosi ancora di più.

Raggiunsero la villa comunale dopo una nuova marcia silenziosa, interrotta di tanto in tanto dal rumore delle auto di passaggio e dalle cicale nascoste nell'erba. Si erano dirette lì senza dirselo, come ai vecchi tempi, verso il cancello d'ingresso in ferro battuto e quel muretto a secco che le aveva viste crescere e diventare donne. A sinistra, proseguendo verso via Cavour, si arrivava al cimitero e alla ditta Spina Marmi, con i lastroni di pietra esposti e lasciati bollire al sole. A destra, andando verso il corso, si arrivava ai negozi che a quell'ora riaprivano le saracinesche dopo la controra.

Sul muretto, seppure un po' sbiadita, si leggeva ancora una scritta di vernice rossa che era comparsa una lontana mattina di giugno, nel periodo in cui, finita la scuola, le due amiche riempivano le giornate tra altalene e scivoli. C'era scritto '*Saddam u scem*' e loro, senza farsi troppe domande sul significato della frase, avevano stabilito la tana del nascondino nel punto esatto in cui la seconda A si congiungeva con la M. La scritta era rimasta lì, fiera e sbilenca proprio come a Margherita era sembrata tutta Collina.

«E tu non fumi più?» le domandò a un tratto Angela mentre le sue narici sputavano una nube grigia puzzolente che prendeva la direzione del vento.

Margherita iniziò a parlare di un libro che aveva letto, un manuale miracoloso che con pochi consigli l'aveva fatta smettere di fumare. Si vantò di non avere vizi, di vedere finalmente le sigarette in un'altra ottica, e sì, disse, «dovresti leggerlo anche tu». Poi però gliene chiese una, mandando in frantumi tutto il ragionamento degli ultimi minuti, nel quale era riuscita a citare persino James Dean e i contratti milionari delle lobby del tabacco.

Angela tirò fuori dalla borsetta marrone il tabacco e le cartine. Si mise al lavoro, poi le passò la bionda fatta a mano con una cura certosina, tanto che prima di confezionare quella buona ne aveva buttate due che le sembravano mal riuscite.

«Lo facevi anche a scuola» notò Margherita accennando un sorriso.

«Cosa?» disse Angela facendo l'ultimo tiro.

«Doveva sempre essere tutto perfetto».

«Ehh, si è visto poi...»

Buttò la cicca per terra e la schiacciò con la punta delle scarpe finché non fu certa che anche la più piccola ombra di cenere fosse spenta. Continuò a scavare con il piede fino a formare una piccola buca, un imbuto che si allargò lentamente, come la distanza che si era creata tra loro due in tutti quegli anni.

«E tu come stai?» chiese a quel punto Margherita, come se lei avesse già risposto alla domanda e ora venisse il turno dell'altra.

Angela le raccontò telegrafica della madre...

«Va' avanti».

... del lavoro da commessa...

«Mi fa schifo».

... e dell'università:

«Mai finita».

Ma Margherita sembrava già altrove, lo sguardo fisso prima sull'erba secca non tagliata da giorni che le solleticava i polpacci, poi sulle altalene di fianco ai pini sbiancati dal sole.

Su quei seggiolini di legno ci avevano passato pomeriggi interi a parlare di compagni di scuola e di musica.

«Una che non ascolta gli Oasis non ha capito proprio un cazzo non solo del Britpop, ma della vita» argomentava Angela gesticolando in cerca della sua approvazione.

«L'unica cosa che si può salvare dei Blur è la colonna sonora di *Trainspotting*».

«Quello che si è visto a Knebworth con i fratelli Gallagher, quei fighetti di Londra non lo vedranno mai» sentenziavano entrambe.

In realtà tutte e due erano fedeli al grunge, e della diatriba tra Oasis e Blur gliene fregava meno di niente. Il giorno della morte di Kurt Cobain si erano presentate a scuola vestite a lutto e, approfittando dell'assenza del professor Cotturri, avevano impartito ai compagni di classe una lezione non richiesta sulla Geffen Records e su quanto *Nevermind* avesse rivoluzionato la scena dell'alternative rock. La sera stessa avevano proseguito la discussione alle altalene della villa e poi ancora fino a piazza San Sebastiano, tra i fari delle auto che sfilavano sull'asfalto mentre loro due si chiedevano se Courtney Love avesse o meno colpe per quel maledetto suicidio – se di suicidio si trattava davvero. Si erano rese conto che si era fatto tardi solo quando avevano sentito il rumore delle spazzatrici stradali che cominciavano la loro processione.

«Pure all'università hai continuato così?» volle sapere Margherita.

«Così come? Te l'ho detto, non l'ho mai finita».

«A scuola, se ti dovevano interrogare e non sapevi tutto alla perfezione» ricordò Margherita, «la mattina neanche ti presentavi in classe. Restavi a casa e studiavi meglio. Poi il giorno dopo tornavi e prendevi nove».

«L'università è stata uno sbaglio. Come te».

Calò all'improvviso un silenzio di piombo, appesantito dai quindici anni in cui non si erano scritte, viste, parlate. I quindici anni in cui nessuna delle due aveva mandato un messaggio di buon compleanno, o brindato alla vita, al lavoro, al successo dell'altra. I quindici anni dei viaggi fatti ognuna per conto proprio, e dei Marco, dei Giacomo e dei Lorenzo e di chissà quanti altri ragazzi mai conosciuti, delle foto in cui c'erano tutti tranne loro due, Angela e Margherita, Margherita e Angela.

«Io non l'ho mai pensato».

«Cosa?»

«Che la nostra amicizia fosse uno sbaglio. Tu lo sai, Angela, cosa ho passato io».

«*Noi*, vorrai dire. Ti sei dimenticata? C'ero anche io, e sai cos'altro è successo quel giorno».

«Non me lo sono mai scordato».

«Be', non mi pare».

«Ma cosa dici?»

Erano a un passo l'una dall'altra, occhi negli occhi.

Le cose, ai tempi del liceo, se l'erano sempre dette così, in faccia. Anche quando Angela aveva preso a frequentare Sara della terza C, sorella di Salvatore, figlia dei professori Fabio Rossi e Donatella Gagliardi. Era bastato un mese in più trascorso a Roma, e al ritorno di Margherita a Collina Angela usciva con un gruppo di ragazzi più grandi della quinta D, a cui lei non aveva mai avuto accesso. Loro giravano in moto e si incontravano tutte le sere al bar De Bonis, in piazza. Margherita restava a casa da sola e aspettava con ansia l'inizio della scuola per ritrovare la tranquillità perduta, i loro appuntamenti, i giri in bicicletta fino a tardi, i pomeriggi al muretto di Saddam. Di solito, al rientro da Roma, era lì che le due amiche si incontravano per un resoconto degli avvenimenti estivi.

«Ti ricordi Francesco? Quello dell'estate scorsa?»

«Quello che ti aveva dato uno strappo in motorino».

«Sì, lui. Mi aveva salutato dicendomi 'Sentiamoci'. Be', mi ha chiesto di uscire».

«E ci sei uscita?»

Quell'estate invece Margherita era rimasta ad aspettare Angela al muretto per due ore senza vederla arrivare. Quando poi si erano incontrate, il primo giorno di scuola, Margherita l'aveva trascinata in bagno.

«Ma ti sei impazzita? Perché ti comporti così?»

«Così come?»

«Torno da Roma e neanche mi saluti. Basta che stai con l'amichetta tua?!»

«Ma che dici, sei solo gelosa».

Eppure, i mesi seguenti, Angela non si era più fatta viva.

Era stato in quel periodo che erano comparse, sui muri dei bagni di scuola, le maledette scritte con l'Uniposca.

Chiunque, osservando quella grafia femminile, avrebbe potuto facilmente sospettare di lei. Per anni, del resto, Margherita e Angela erano state inseparabili: autunno, inverno, primavera e parte dell'estate sempre insieme, tanto che a scuola, nonostante le differenze fisiche e caratteriali, le chiamavano 'le gemelle siamesi'. Poi, all'improvviso, niente più.

Ogni santo giorno si vedevano e si ignoravano, entravano in classe e si sedevano in banchi distanti, si incrociavano in corridoio e neanche si salutavano. Fino a quando Angela era scoppiata in lacrime.

«Brava eh! Non ti vergogni?» aveva gridato, fuori di sé.

«E di cosa?» le aveva chiesto Margherita, visibilmente sorpresa, continuando a insaponarsi le mani nel lavandino del bagno della scuola.

«Di tutto questo» aveva risposto Angela mostrando con il dito le scritte sulle pareti, che si riflettevano nello specchio. «Mi fai schifo!» aveva aggiunto, singhiozzando.

Margherita si era sciacquata le mani in silenzio, se l'era asciugate e se n'era andata senza dire una sola parola.

Due mesi dopo, Angela aveva beccato Sara in bagno con l'Uniposca in mano. Ed era tornata al muretto di Saddam con la coda tra le gambe.

«Margheee! Margheritaaa!»

Il signor Lolli comparve in quel momento nella villa comunale. La giacca elegante lo appesantiva negli anni che cominciavano a notarsi dalle rughe sul viso abbronzato e dai capelli quasi tutti bianchi.

«È ora, portiamo nonna in chiesa» avvertì.

«Ci vediamo lì» le sussurrò Angela, abbassando lo sguardo.

Padre e figlia si avviarono a passo spedito, lei scossa dalle parole dell'amica, lui infastidito dal sole abbagliante. Si era alzato all'improvviso uno scirocco nervoso che ogni tanto sibilava e li avvolgeva entrambi. Da una finestra su corso Vittorio Emanuele proveniva un profumo di peperoni arrostiti.

Giunti sulla strada sterrata di casa, il vento sollevò una nuvola di polvere e tutti e due si coprirono gli occhi. Fecero gli ultimi metri fino al portone con le mani sulle palpebre e le abbassarono solo una volta che arrivarono alle scale.

La porta era aperta. Il salone si era riempito di facce sconosciute e altre che diventavano conosciute solo a uno sguardo più scrupoloso e attento. Erano passate a salutare alcune vecchie compagne di scuola di nonna Carmela, che si erano messe a raccontare aneddoti e a elogiare il suo carattere schivo e riservato. C'era Maria, che in una foto in bianco e nero attaccata dentro un album di ricordi era seduta al suo stesso banco e le dava un bacio sulla guancia. C'era Elisa, con un fazzoletto sopra i capelli candidi, che l'aveva salutata abbracciandola come se fosse ancora viva. Si era fatta accompagnare dal marito, abitavano ormai sulla costa, aveva spiegato, a un centinaio di metri dal mare. C'erano Michele e Giovanna, gli anziani vicini che davanti alla bara si fecero il segno della croce singhiozzando.

«Siamo tutte decrepite» disse Maria rivolgendosi alle altre e sedendosi accanto alla finestra dove si erano sistemati anche Elisa e il marito.

«*Pinz p' tei*» rispose quella.

«Shhh, che non stiamo al luna park» le interruppe Giovanna.

«*Manc aù ristorand però*» aggiunse Maria puntando l'indice contro la signora Rosa, che si era appena infilata in bocca un bignè al cioccolato.

Quelle due non si erano mai potute sopportare e il motivo era semplice semplice: un millennio prima, Rosa aveva fatto la fuitina con il fidanzato storico di Maria, scappando da Collina in una notte di luna piena, e se l'era pure sposato. Il matrimonio era durato poco, dieci anni, perché lui era morto di un brutto male, come si usava dire allora, e lei non se n'era mai fatta una ragione. Di colpo era diventata anziana, piegata su se stessa da un destino feroce che l'aveva resa vedova troppo presto. Quando Margherita era appena una bambina, la incrociava sul pianerottolo mentre puliva le scale, ramazzava il pavimento o apparecchiava l'atrio del palazzo con certe piante alte e insignificanti. Aveva immolato la sua vita alla vedovanza, sempre vestita di abiti scuri e con quel bottone di onice tondo e nero, grosso come una ciliegia, sempre attaccato al petto: il simbolo del lutto, in uso solitamente tra gli uomini, ma che lei si era ostinata a mettere sui suoi vestiti per ribadire il concetto e spegnere ogni possibilità di slancio con l'altro sesso. Se era stato o meno per via dell'onice, pensò Margherita, quel che è certo è che aveva funzionato.

Un uomo di mezza età era seduto di fianco alla bara con gli occhi graffiati dal pianto. Portava delle scarpe lucide e aveva all'altezza del sopracciglio sinistro una macchia scura, tonda e grossa come una castagna. La macchia aveva lo stesso colore intenso dei giorni d'autunno in cui l'aria non era ancora pungente, e Margherita e Angela si divertivano a schiacciare con i piedi le foglie secche dei frassini del viale alberato che portava alla stazione. In mano, lo sconosciuto aveva un fazzoletto di tessuto che portava ripetutamente dalla tasca dei pantaloni al volto, per asciugare gli angoli degli occhi stanchi e arrossati.

Vicino a lui, oggetti di cui Margherita ricordava a malapena l'esistenza: una Olivetti Valentine che profumava ancora di inchiostro, il telefono a rotella, quello sì, delle chiamate di fuoco tra la mamma e la nonna, un tavolino di vetro usato per poggiare acqua e altre bevande mandate per il consolo da quelli che un tempo erano i vicini di casa.

Settantenni con gonne sotto le ginocchia sfidavano l'afa con collant coprenti e scandivano preghiere tenendo il tempo con rosari custoditi come giochi preziosi.

I loro mormorii si intrecciavano in un ronzio corale, e c'era chi guardava Margherita e bisbigliava: «Sì, è lei la nipote della povera Carmela».

Capitolo 3

Margherita aveva una decina d'anni quando i Lolli avevano preso a mandarla a Roma da sola. Mentre i turisti cominciavano ad affollare le spiagge pugliesi, lei al contrario se ne andava in città. O meglio, nella *capt'l*, come la chiamava suo padre, che cercava di trasformare quel viaggio, necessario ai genitori per non chiudere bottega, in un'avventura intrigante agli occhi della bambina. Per dirla tutta, non c'era voluta una grande opera di convincimento.

La prima volta l'avevano fatta salire sul treno, sistemando le valigie sul vagone con le poltrone di velluto che emanavano polvere e calore solo a guardarle. Erano gli ultimi giorni di giugno, la scuola era finita da un paio di settimane. Margherita non vedeva l'ora di rimanere sola.

«Mi raccomando, resta al tuo posto e non dare confidenza a nessuno» si era raccomandato il signor Lolli. E l'aveva detto in italiano, come faceva nelle occasioni importanti, per esser certo di non venir frainteso. Margherita ovviamente si era alzata appena il treno aveva lasciato la stazione di Bari. Dalla seconda classe era passata alla prima, poi aveva dato un'occhiata ai bagni ma aveva come l'impressione di esserci solo lei su quel treno. Nessun segno di vita a parte lo sferragliare delle ruote e il russare lento di una signora anziana seduta nello scompartimento accanto. La osservava attraverso il vetro della porta: il treno era partito da poco più di mezz'ora, ma lei si era già appisolata con la bocca aperta. La testa, poggiata al finestrino, di tanto in tanto le cadeva in avanti, svegliandola per un istante. Si riaddormentava subito dopo.

Per tutto il viaggio Margherita aveva passeggiato avanti e indietro, senza allontanarsi troppo per non perdere di vista le due valigie e lo zaino. Il padre non aveva fatto altro che ripeterle: «*U pizz semb ingudd*», i soldi sempre addosso, e «*Tin semb sott'ucch le valeig*», non perdere mai di vista i bagagli.

Poi però Margherita aveva sentito l'annuncio dell'altoparlante: 'Ricordiamo ai signori viaggiatori che alla carrozza numero 5 possono trovare il bar con patatine, caffè, snack dolci e salati, gelati'.

Aveva voglia di un Cucciolone. In fin dei conti il bar era soltanto tre carrozze più avanti, le sarebbero bastati pochi minuti per fare su e giù. Così era partita con l'idea di attraversare in fretta i vagoni deserti e bollenti, comprare il gelato e tornare al suo posto. Per tenersi in equilibrio doveva aggrapparsi al corrimano e quando lo faceva, si soffermava un attimo a guardare il panorama che scorreva fuori dal finestrino e sfumava in velocità. Poi riprendeva subito la sua avanzata, rapidamente, con in testa le raccomandazioni di suo padre.

Non era la prima volta che le promesse venivano violate e non sarebbe stata neanche l'ultima: a Roma, in particolare, era tutto un moltiplicarsi di giuramenti traditi, patti infranti, impegni mancati, ma là Margherita poteva contare su un'alleata d'eccezione, la nonna. Nell'estate della quarta elementare, per esempio, aveva chiesto con insistenza per la promozione un regalo che era stato bandito da casa Lolli: i pattini. Nessun voto alto o condotta irreprensibile era riuscita a convincere i suoi genitori a comprarglieli, perché vedevano in quell'aggeggio un pericolo per l'incolumità della figlia, ancora troppo piccola.

«Siete esagerati» diceva la nonna per telefono a sua figlia.

«Mamma, fatti gli affari tuoi» si sentiva rispondere.

«Sono anche affari miei» ribatteva lei piccata. «Siete troppo apprensivi. Dovreste farne un altro, lo dico per il vostro bene».

Ma il secondo figlio non era arrivato e l'educazione di Margherita era divenuta, a lungo andare, l'ennesimo argomento di scontro tra la signora Lolli e la madre. Anche perché nonna Carmela, alla fine, faceva sempre di testa sua.

Margherita, per tutto l'anno scolastico, era stata un martello pneumatico.

«Ho preso ottimo, ora posso avere i pattini?»

«La maestra mi ha detto brava, ora posso avere i pattini?»

«Alice ha avuto i pattini per il suo compleanno, ora posso averli anche io?»

«Ho preso una nota di merito dalla maestra Franca, ora mi comprate i pattini?»

«Ho preso buono per il compito di italiano, ora posso avere i pattini?»

La risposta dei Lolli, sempre la stessa: «Hai fatto solo il tuo dovere».

Quando era stata promossa con la migliore pagella di tutta la scuola, Margherita sperava di essere riuscita a incrinare quel diniego ripetuto nel corso dell'anno da parte dei genitori, ma non era bastato neanche quello e alla fine come regalo di promozione aveva ricevuto il walkman. Quando però era arrivata a Roma, naturalmente, la nonna le aveva fatto trovare sul suo letto pulito e in ordine una scatola rosso fiammante.

«Mimì» così la chiamava lei, «è un segreto tra me e te, ok?»

«Te lo prometto, nonna».

«Se lo prometti allora dobbiamo fare giurin giurello».

«Giurin giurello, che mi caschi la lingua se violo il giuramento».

«E se non ti casca la lingua e lo dici a mammà, la nonna farai arrabbiar».

Margherita era scoppiata a ridere ed era corsa a provare i pattini a quattro ruote, che da quel momento in poi erano rimasti nascosti sotto il letto della sua camera di Roma. Il loro segreto era al sicuro, come lo erano anche i viaggi in solitaria fatti da Collina verso Roma.

Barcollando verso la carrozza ristorante, Margherita aveva cominciato a sentire un brusio interrotto, in mezzo al quale riusciva a distinguere alcune esclamazioni.

«E daiii!»

«Ora, ora».

«E tirala!»

«Nooo!»

Aveva aperto la porta del vagone ed era stata investita dalle voci, dai respiri e dalle urla di una folla tutta accalcata nello stesso punto. Poco sopra la macchinetta del caffè, tra i pacchetti di patatine e un piccolo frigorifero per le bottigliette d'acqua, era stata fissata una radio a cui tutti i viaggiatori del treno Bari-Roma, nessun escluso, erano quasi incollati. Stavano tutti là, uno attaccato all'altro, con l'orecchio rivolto in direzione della cassa che trasmetteva la radiocronaca dell'ottavo di finale dei mondiali Argentina-Brasile. Tra i verdeoro c'erano in campo Dunga e Careca, ma tutte le attenzioni erano per Maradona.

Il signor Lolli, prima della partenza, aveva chiesto al capotreno se avesse potuto controllare, durante il viaggio, la sua bambina. Tutto inutile, perché quello era il primo che stava lì, con la divisa sbottonata per il caldo e la faccia appiccicata alla radio. Il gelato, impossibile da comprare.

Alla stazione Termini, il nonno era salito a prendere Margherita direttamente dentro il vagone. Gli altri viaggiatori erano scesi uno per volta e non avevano fatto altro che commentare la serpentina del Pibe de Oro e la palla al bacio servita a un certo Caniggia.

«Hai viaggiato bene?» aveva chiesto alla nipote abbracciandola.

Margherita non aveva fatto neanche in tempo a rispondergli che, fuori dal finestrino, proprio in quell'istante aveva visto la nonna accasciarsi a terra. Era caduta lì, davanti al binario, in mezzo a una folla di gente che le si era subito accalcata intorno in un cerchio disordinato. Cercavano di aiutarla, i viaggiatori e pure il capotreno, che subito le aveva portato un bicchiere d'acqua.

«Che è successo? Tifava Brasile?» aveva scherzato uno quando era chiaro che si stava riprendendo. Si erano messi tutti a ridere.

Nella concitazione, però, era sparito un borsone di Margherita. Il signor Lolli aveva approfittato del viaggio a Roma per mandare ai suoceri salsa, pane, frutta e verdura – «*ché lì costa assè*» diceva lui – e aveva piazzato sul treno pure un borsone pieno di carta igienica.

In quegli anni i nonni stavano ristrutturando casa con i pochi risparmi di una vita. Un pomeriggio si erano presentati alla loro porta gli agenti della municipale, per un controllo che doveva essere, così avevano assicurato, 'di pura formalità'. Si era scoperto che la casa, costruita su un piccolo monte di una borgata a Roma Nord, era stata sì condonata, ma non del tutto: erano rimasti fuori dalla sanatoria il garage e una piccola porzione del giardino, quella dove il nonno aveva cominciato a immaginare un orticello. Era stato un colpo durissimo per loro, che pensavano di aver fatto tutto in regola, compresi i permessi per la ristrutturazione che stava già costando loro un bel po' di sacrifici. I soldi insomma, a quei tempi, erano quelli che erano, e i Lolli li aiutavano come potevano, persino con la carta igienica.

Più tardi, smorzata la tensione per quell'arrivo così agitato, nonni e nipote si erano abbandonati alla gioia di ritrovarsi. E avevano cominciato a ridere soprattutto per il furto.

«Hanno preso quello con la carta da culo!» diceva il nonno. «Hanno preso quello con la carta da culo!» ripeteva piegandosi dal ridere. «Ti immagini la faccia dei ladri quando hanno aperto il borsone?» continuava a ripetere Margherita.

Erano seguiti abbracci e lacrime, mal di pancia e telefonate ai Lolli senza smettere di urlare.

«Margherita sta bene? È arrivata?» chiedeva Carla dall'altra parte della cornetta.

«Hanno preso quello con la carta da culo!» gridava il nonno.

«Cosa?»

«Hanno preso quello con la carta da culo!»

Avevano riso tutti come pazzi, quella sera, ignorando

che la caduta di nonna Carmela non era stata affatto accidentale.

«Sarà stato il caldo» aveva minimizzato il nonno, mentre si coricava sotto le lenzuola.

«Ma sì, un po' di pressione bassa» aveva aggiunto la moglie, sistemandosi per bene il cuscino sotto la testa prima di spegnere la luce sul comodino.

'Instabilità di posizione' l'avrebbero chiamata i medici. Tra i primi sintomi del Parkinson.

Quella notte Margherita si mise a letto pensando al Cucciolone che non era riuscita a mangiare.

Capitolo 4

Un urlo soffocato dai singhiozzi riempì l'eco della casa, spezzando il silenzio funebre. Era la signora Lolli che in camera da letto si disperava tra le braccia di Luisa, la figlia di 'zia' Gemma: avevano l'abitudine di chiamarla così, infrangendo, com'è in uso al Sud, tutte le antiche regole dei gradi parentali. In realtà zia Gemma era la sorella piccola della bisnonna di Margherita, a cui la signora Lolli era sempre stata molto legata.

Luisa era entrata in casa che già piangeva e il trucco le aveva deformato la faccia in una maschera. Indossava un vestito nero a pieghe, illuminato da un leggero filo di perle. Si era fiondata tra le braccia della signora Lolli rimanendoci per un minuto buono, poi si era seduta nell'angolo, vicino al signor Lolli e all'orologio a pendolo.

'Un ottimo matrimonio' era stato il commento che più di frequente Margherita aveva sentito a proposito di Luisa: si era sposata infatti con un otorinolaringoiatra conosciuto tra le corsie dell'ospedale San Carlo, dove anche lei lavorava come infermiera nel reparto di pediatria.

Ogni volta che la incontrava, per ore le rimaneva attaccato al naso l'odore di solventi e disinfettanti che la zia si portava dietro come una bava di lumaca. Alla fine di ogni discorso piazzava un 'non dirmi', esclamazione che in famiglia era diventata motivo di battute e risatine facili, soprattutto tra i signori Lolli.

«Ho fatto la spesa».

«Non dirmi».

«Bisogna pagare il condominio».

«Non dirmi».

«Fa troppo caldo».

«Non dirmi».

«Ma se te lo sto dicendo?»

Quando Margherita era ancora una bambina e Luisa chiamava a casa per salutare i suoi, lei, appena seienne, avvisava così: «Mamma, c'è 'non dirmi' al telefono». L'intercalare era poi sparito con gli anni, quando ormai non c'era più gusto nel gioco visto che anche la zia aveva iniziato a scherzarci su.

Dopo il divorzio, Luisa aveva ottenuto il trasferimento all'ospedale San Filippo e il marito era rimasto al San Carlo. Non si era mai risposata, e al funerale di nonna Carmela arrivò da sola.

Quando c'erano stati dei momenti di tensione tra Margherita e sua mamma, a risolverli ci aveva pensato lei, zia Luisa, sempre presente, anche quando la signora Lolli si era stabilita a Collina. Perché, pur non avendo figli, Luisa riusciva a farla ragionare, a far sbollire il sangue, allentando con lucidità le situazioni più tese. Come quando Margherita, al termine di un anno scolastico non proprio eccellente, aveva dovuto incassare il divieto di trascorrere a Roma l'estate. Era la prima volta che succedeva da quando aveva tre anni, e lei, che aveva più volte mostrato un bel caratterino, non riusciva a digerire quella decisione.

«Non è giusto».
«Sì che lo è».
«Invece no».
«Ti servirà da lezione».
«Lo dici tu».
«Quando sarai adulta, capirai che avevo ragione».
«La ragione si dà agli stolti, dice la nonna».
«Non ti permettere».

Il giorno dopo, Margherita Lolli, undici anni, un metro e sessanta di altezza, aveva preparato lo zaino con due pacchetti di taralli, una bottiglia d'acqua, due paia di mutande di ricambio e altrettante magliette, e con la bici era andata dritta dritta in stazione. Quando la sera nonna Carmela l'aveva vista comparire davanti alla porta di casa sua, non credeva ai propri occhi.

«E tu cosa ci fai qui?» aveva detto prima di sciogliersi in un lungo abbraccio di sollievo, dopo che per ore tutta la famiglia era stata in apprensione per lei.

Sulla soglia era comparsa anche Luisa: «Non dirmi...»

La signora Lolli nel frattempo aveva già chiamato – nell'ordine – i genitori di Angela, la maestra Franca, i carabinieri, e mancava poco che facesse partire le ricerche delle squadre cinofile della Croce Rossa di Collina.

Margherita era entrata in casa e aveva posato lo zaino sulla sedia del soggiorno. Luisa e la nonna erano sole e avevano lasciato sul tavolo un po' di confusione: buste, penne, un pacco di biscotti, fogli che la nonna non aveva fatto in tempo a mettere via, perché appena aveva visto la nipote, dopo un grande abbraccio, si era fiondata al telefono per avvisare la figlia. Margherita non era riuscita a fare a meno di sbirciare quei fogli, tanto più che le due donne erano impegnate nell'altra stanza a placare le ire della signora Lolli.

20 maggio 1991

Oggi non mi sento bene ma voglio scriverti. Il dottore me l'aveva detto: degenerazione dei neuroni nell'area del cervello chiamata Sostanza Nera.

In un attimo, Luisa si era avvicinata e le aveva strappato di mano il foglio.

«Tu, i fatti tuoi mai eh?»

Dall'altra parte della stanza, la nonna si giustificava con la figlia: «Sta qui, adesso calmati… Eh, non lo so come ha fatto, non ci ho ancora parlato, appena l'ho vista sono corsa a chiamarti… Sì sì, ho capito, calmati… Lo so, ora però aspetta. Ti faccio richiamare». A quel punto la telefonata sembrava finita ma: «Noneee, prima calmati un poco. Tra mezz'ora ci risentiamo».

Intanto Luisa aveva tolto di mezzo qualsiasi cosa dal tavolo del soggiorno e si era messa in cucina a preparare un bel piatto di pasta al pomodoro.

«La vuoi al dente?»

«Sììì. Nonna, a chi scrivevi 'sta cosa della Sostanza Nera?»

«A tua madre».

«Senti, bella di nonna, fatti un po' gli affari tuoi. Ti sei messa in treno da sola e Dio solo sa come sei riuscita ad arrivare fin qui. Mò mangia 'sto piatto di pasta che ti devi preparare al duello».

«Con chi?»

«Con tua madre, bella mia. Tra un po' richiama e non voglio sentire urla, solo 'scusa' e 'mamma ti chiedo perdono', ok?»

«Ok».

Luisa aveva apparecchiato in fretta e furia.

«E mò mangia».

Con l'età, le guance della zia erano diventate ossute e scavate, mentre le labbra erano rimaste polpose e vivide come un frutto maturo pronto da cogliere. La fronte alta era coperta da una frangetta che arrivava fino alle ciglia, tanto lunga che sembrava una tenda da accorciare.

Lei e la signora Lolli erano state le sorelle che né l'una né l'altra avevano mai avuto: affettuose, unite da quei pochi anni di differenza che solo ora cominciavano a notarsi dalle mani e dal collo di Luisa, aggrinzito come il lenzuolo di una prima notte di nozze.

Margherita le trovò in camera da letto, abbracciate ed entrambe in preda ai singhiozzi, mentre dalla finestra aperta arrivava il fruscio delle foglie spostate dal vento, insieme al rumore secco delle cesoie di Ciro, il vicino in pensione che si era fatto l'orto sotto casa e stava raccogliendo i pomodori pachino. I platani erano spogli, gli aceri e i ciliegi sfibrati. Le foglie rinsecchite dal sole sembravano essersi ostinate ad anticipare l'autunno. Il telegiornale aveva parlato di 'una reazione al luglio torrido dopo una stagione piovosa'.

Margherita, al contrario, dalle reazioni continuava a fuggire; andò verso il salone dov'era tutto pronto ormai per portare via la salma. L'agenzia funebre si preparava a trasportare la bara in chiesa e quattro ragazzi vestiti di scuro iniziavano a caricarsi il peso sulle spalle: bisognava scendere le scale e arrivare fino alla Mercedes nera. Uno di quei ragazzi, Margherita lo aveva riconosciuto all'istante. E se per altre persone faceva fatica a ricordare, a mettere a fuoco, a riconoscere i lineamenti, lui non poteva essere nessun altro, con quella cicatrice sulla guancia destra.

Quando Margherita viveva ancora a Collina, quella di fronte casa sua la chiamava la 'casa cantoniera'. I due cugini abitavano lì, un edificio rosso con il tetto a punta, le finestre bianche e il portone sempre spalancato. Al primo piano il piccolo Denis, al secondo Alberto e la sua famiglia.

Da bambino Denis era dispettoso e grasso, e quella era stata la maledizione di sua madre che tutte le volte, a tavola, conduceva una battaglia per la sottrazione del cibo. Alberto e Margherita invece non ce la facevano, e anche se Denis era un guastafeste, anche se ogni tanto rovinava i loro piani e se lo dovevano portare dietro, anche se era obeso e quando correva aveva l'affanno di un ottantenne con la bronchite, il cibo di bocca non glielo toglievano mai. Non ce la facevano. Anche per questo se lo trovavano sempre tra i piedi con la bocca piena, un gelato in mano o un panino con la mortadella.

La casa cantoniera era a poche decine di metri in linea d'aria dal palazzo di Margherita. Quando lei e Alberto volevano dirsi qualcosa di speciale, ai tempi del liceo, dopo una serata trascorsa insieme, accendevano e spegnavano le luci di casa, facendo diventare quei messaggi in cielo delle stelle cadenti. Le case si parlavano, le luci rischiaravano e oscuravano la campagna di Collina in un botta e risposta che era diventato un alfabeto tutto loro.

Luce e buio di seguito: *ti amo.*

Luce lunga e poi buio: *ti penso.*

Luce e buio, luce e buio: *splendida serata.*

Una volta, mentre facevano la gara a chi mandava più messaggi in codice, in salone si era presentato il signor Lolli in pigiama.

«*A' ferneut?*» aveva chiesto alla figlia appena rientrata. «*Cà la luce cost'*» aveva aggiunto per mettere fine a quel romanticismo d'altri tempi. Poi aveva spento l'interruttore.

I messaggi a quel punto erano continuati via sms, ma avevano un sapore diverso e, soprattutto, come avrebbe puntualizzato il signor Lolli, *costavano assè*.

Alberto era per Margherita la canzone che lasci finire prima di scendere dalla macchina, il profumo che non riesci a cambiare, la telefonata prima di andare a dormire, il film che continui a guardare anche se conosci a memoria le battute. E persino quando loro due non erano più stati gli inseparabili adolescenti di allora, anche quando gli anni Novanta si erano chiusi da un pezzo e del loro amore non era rimasta alcuna traccia nella loro quotidianità, Margherita non aveva potuto evitare di pensare a lui ogni volta che accendeva o spegneva una luce.

Dopo la scuola, lei e Alberto esploravano il sapore del sesso in un'armonia di voglie e palpitazioni impregnate del loro stesso odore. Poi prendevano la Punto del padre e facevano chilometri di strade curve e in salita per arrivare fino a Lucera, la 'Sentinella', scappando dal loro microcosmo come Diomede in fuga da Troia.

Quella storia gliel'aveva raccontata la zia di Alberto, insegnante di latino e greco proprio a Lucera, al liceo Bonghi: «Diomede scappò dalla rocca troiana portando via il Palladio, un simulacro che aveva il potere di proteggere un'intera città, e lo depose qua, all'interno di un tempio dedicato alla dea Atena». Quel giorno si trovavano sul monte Cornacchia, con lo sguardo rivolto ai vigneti e agli ulivi, i due mondi della Puglia: a est il Tavoliere, che si inchinava al Gargano e alle sue scogliere, a ovest i monti Dauni. Margherita e i due cugini restavano incantati ad ascoltarla, mentre quella signorina sessantenne gli faceva lezione con gli occhialetti tondi che le scivolavano sempre sulla punta del naso, e che tirava su con l'indice ogni volta che terminava un discorso. La 'signorina', come la chiamavano tutti in paese, era un modo gentile per sottolineare che era rimasta sempre zitella.

Alberto mangiava la scanata presa dal panettiere di via don Sturzo, Margherita guardava il panorama e Denis rubava avanzi di cibo dalla borsa. Ogni tanto se lo vedevano spuntare dentro la macchina così, all'improvviso, nascosto tra i sedili posteriori. Compariva direttamente a Lucera da sotto la coperta che i due fidanzati lasciavano sempre a portata di mano, per stenderla sul prato a guardare le stelle. Prima di partire per qualche gita, ispezionavano l'auto alla ricerca dell'intruso, ma a volte se ne dimenticavano e puntualmente erano quelle le volte in cui se lo ritrovavano lì, con loro a fantasticare di quando Lucera era la città più musulmana d'Italia con le moschee e un harem a disposizione dell'imperatore.

In quel punto, dove si incontravano le due anime della Puglia, Margherita e Alberto si rintanavano nei weekend come due amanti in fuga. «Andiamo a trovare la zia!» dicevano. La verità era che la villetta della prof, oltre alla vista sull'anfiteatro romano dedicato ad Augusto e a un salotto pieno di libri e di dischi di Lucio Dalla, aveva una piccola mansarda che lei lasciava a loro disposizione, coccolandoli come quei figli che non aveva mai potuto avere. La mattina, quando voleva svegliarli, metteva sotto la puntina del vecchio giradischi *Anna e Marco*. Una canzone che Margherita non era più riuscita ad ascoltare perché, anche dopo tanto tempo, non c'era stato un singolo giorno, mese o anno in cui non avesse pensato ad Alberto. Eppure non lo aveva più visto né sentito da quel 1° gennaio 1999 in cui le luci di casa Lolli si erano spente per sempre.

«Non capisco perché ti comporti così» le aveva detto mille volte prima della partenza.

«Così come?»

«Lo sai. Tra poco ve ne andate e noi facciamo finta di niente. Come se quella data non esistesse, come se non stesse per arrivare, come se tu mi volessi lasciare e basta».

«Ti prego, non oggi» gli aveva risposto ogni volta.

«Non ieri, non oggi, non domani».

«Non c'è niente da dirsi» tagliava corto Margherita.

«Io invece credo di sì».

«Senti, Alberto, cosa vuoi che faccia?»

«Vorrei che mi dicessi che mi ami, che non vuoi rinunciare a noi, che vuoi stare con me, che dopo la fine del liceo ci organizzeremo, che io devo raggiungerti a Roma, che tu studierai lì, che noi dovremo solo aspettare il momento in cui ritorneremo insieme».

Ma quelle frasi, dalla bocca di Margherita non erano uscite mai.

«Gliene devi parlare» le suggeriva Angela, «non puoi tenergli tutto nascosto».

Ma Margherita era fatta così e quando si metteva una cosa in testa, quella era. Anche se a quell'addio, in realtà, aveva finito per pensarci ogni giorno. Ci aveva pensato riempiendo i cartoni di ricordi, svuotando gli armadi di casa, piegando il maglione con cui lui una volta le aveva coperto le spalle, mettendo via le loro foto, i bigliettini di quando ancora non si frequentavano, le lettere imbucate di nascosto nella cassetta della posta. Ci aveva pensato tutte le volte che qualcuno aveva messo una canzone di Lucio Dalla.

E adesso suo cugino Denis, l'ex ragazzino obeso, era davanti a lei.

«Ciao» le disse prima di prendere la bara della nonna sulle spalle insieme ai colleghi.

Era diventato alto, asciutto, aveva i capelli lunghi raccolti in una coda che scendeva sulla giacca scura. Portava l'abito elegante con disinvoltura insieme a un paio di occhiali da vista tondi, poggiati sulla punta del naso, proprio come la zia prof. Chissà se il gelato alla nocciola era ancora il suo preferito.

Capitolo 5

Gli operai spalavano la terra umida buttandola sul legno bollente della cassa davanti agli occhi di Margherita, ipnotizzati da quel rito stanco e metodico. Il rumore della pala trascinata sul cemento fino ad affondare in quella poltiglia scura era l'unico suono che si poteva sentire nell'arco di cinquecento metri, oltre a quello inconfondibile dei pianti.

La signora Lolli singhiozzava e l'espressione era all'improvviso tornata a essere quella di una bambina: il volto le si arricciava in una smorfia di dolore che partiva dalla bocca e si allungava fino alla fronte, spiegazzandola come un foglio di carta d'alluminio.

Dicono che l'ultima cosa a sbiadirsi di una persona morta sia il tono della voce. La voce della nonna era sparita da tempo: ogni tanto emetteva strani versi ma in famiglia, ognuno a modo suo, fingevano di non sentirli, ché la sofferenza che provocavano era troppo grande da sopportare. Così almeno era per gli altri, sua madre, suo padre, tutti salvo Margherita che aveva assistito inerme a quello strazio e per la prima volta, mentre la bara veniva ricoperta per sempre, ne diventava consapevole. Ma perché le lacrime non le uscivano? Perché non provava dolore? Aveva ragione il collega di fisica, allora, che la chiamava 'Newton' perché sosteneva che fosse la prova vivente del principio di inerzia?

«E cioè?» gli aveva chiesto quando l'aveva soprannominata in quel modo davanti alla macchinetta del caffè.

«Un corpo permane nel suo stato di quiete a meno che non intervenga una forza esterna a modificare tale stato».

«Ma che dici?» si era schermita lei.

«Sei tu: la prima legge di Newton».

Ma quello che all'inizio era sembrato un gioco tra colleghi, uno sfottò innocuo, una mezza frase detta come tante tra una lezione e l'altra, le era rimasta in testa e aveva cominciato a diventare un'ossessione. Un tarlo subdolo che si ripresentava pure ora, al cimitero, davanti alla tomba della nonna e al suo viso asciutto.

Finita la funzione, la signora Lolli andò verso l'auto sorretta da Luisa e da suo fratello Stefano, arrivato direttamente al camposanto con un borsone a tracolla. Aiutò la sorella a entrare in macchina, poi salì a sua volta insieme a Luisa, mentre Margherita e suo padre si incamminavano verso casa a piedi. Il sole si era quasi nascosto dietro le Murge, che ora apparivano più ruvide e meno lucenti, come la pelle degli anziani quando comincia a invecchiare. Lì, da bambina, padre e figlia facevano lunghe passeggiate alla ricerca dei cardoncelli, in un punto esatto in cui riuscivano a scorgere le Dolomiti lucane con il loro ventre caldo pieno di vicoli e di borghi timidi. Dall'altro lato si intravedeva Venosa, o almeno così gli piaceva credere, insieme ai selciati assolati e alle innumerevoli masserie abbandonate nelle campagne che si stendevano tutte intorno a raggiera. Il signor Lolli le usava per ambientarci le storielle più stravaganti, al centro delle quali finiva sempre il fantasma di Orazio Flacco, il poeta che era nato proprio da quelle parti.

Camminavano zitti tutti e due, in un silenzio che era da tempo un muro impenetrabile e che non cercavano più di abbattere. Da quand'è che non si parlavano davvero? Da quand'è che i loro discorsi avevano preso a concentrarsi sulla quotidianità e i sentimenti erano diventati un terreno minato? C'era stato un tempo in cui Margherita, quel muro, lo avrebbe preso a picconate, a calci, a pugni. Ma quella rabbia ormai era finita, quel tempo era passato e aveva lasciato il posto alla rassegnazione e al silenzio.

Un silenzio che sarebbe proseguito anche nei giorni successivi al funerale. E che il signor Lolli aveva riempito con la manutenzione della casa: lavoretti come tagliare l'erba del giardino, sistemare la tapparella inceppata del soggiorno e trovare un orologiaio capace di aggiustare il cucù. Margherita invece preferiva infilarsi le scarpe da ginnastica e andare a correre.

E fu proprio quello che fece la mattina dopo il funerale. Dalla scrivania della sua cameretta recuperò il walkman che al suo interno aveva ancora una cassetta rossa con il nastro lucido. Gli cambiò le batterie e mise le cuffie alle orecchie. Scese di corsa i due piani di scale che la separavano dall'asfalto, osservò la rugiada sciogliersi sulle foglie di insalata del vicino, poi schiacciò play e la musica partì nelle orecchie. Iniziò camminando piano, poi accelerò il passo seguendo con gli occhi il percorso che i suoi piedi avevano autonomamente deciso di percorrere. Corse e riuscì a ricondurre ogni strada, ogni angolo, ogni centimetro di Collina a un ricordo preciso: la villa e il muretto di Saddam, il pub delle serate con Alberto, piazza San Sebastiano e la prima sigaretta, la stazione quasi abbandonata con i resti di un castello distrutto. Le gocce di sudore le scivolavano lungo la schiena, il sole appariva alto nel cielo e si scagliava veloce sulle guance impastandosi a *Smells like Teen Spirit*. E mentre Dave Grohl picchiava la batteria, le sue gambe rincorsero il vento.

«Hai fatto colazione?» chiese la signora Lolli appena Margherita si chiuse la porta alle spalle, rientrando a casa. Il fiatone era forte, tanto che per rispondere aspettò diversi secondi, piegata in avanti con le mani poggiate sulle ginocchia. A differenza di sua madre, era sempre stata sgraziata e pigra negli sport, ma l'ostinazione era una delle principali virtù di Margherita e aveva funzionato quasi con tutto. Era andata bene con lo studio, per esempio, anche se da bambina non era mai stata troppo in fissa coi libri. Anzi, persino quando aveva imparato a leggere in maniera abbastanza sciolta, la pigrizia era talmente radicata che preferiva che le storie gliele leggessero gli altri. Non a caso in famiglia si era meritata il soprannome 'Regina Margherita'.

«No, non ancora, ma'» rispose senza riuscire ancora a respirare bene.

«Ti preparo il caffè?»

Margherita fece segno di sì con la testa, poi si tolse le scarpe da ginnastica e si diresse verso la sua camera. In altri tempi la signora Lolli avrebbe scherzato ricordandole ancora una volta i vizi della Regina Margherita. Stavolta evitò, lasciando che la figlia si allontanasse e andasse a stendersi sul letto.

Chiuse gli occhi giusto un po', per riprendere fiato, poi prese in mano il cellulare attaccato alla presa della corrente. Erano giorni che Angela le mandava dei messaggi, ma Margherita non se l'era sentita di rispondere.

‘Tutto bene?’
‘Ci vediamo?’
‘Perché non rispondi?’
‘Quando riparti?’

Lasciò il telefono sul letto, si alzò di scatto e si sorprese, vedendosi riflessa nello specchio, diversa dalla ragazzina adolescente che in quella stessa stanza, con la musica a tutto volume, trascorreva i pomeriggi con la sua amica. Aveva smesso di usare la tinta e ogni tanto scovava qualche capello bianco che non aveva più intenzione di nascondere. Le lentiggini sul naso si erano diffuse sulle guance, sul collo e anche sulla fronte, segnata dalle rughe che procedevano dritte e parallele da un'estremità all'altra. Non le piacevano, ma era come se, finalmente, dopo anni persi a scrutarsi e trovarsi brutta, non gliene importasse più niente. Non voleva attirare sguardi, non cercava consensi e anzi, troppe attenzioni le davano fastidio. Persino quando la ginecologa, nelle visite di routine, le parlava di un bell'utero, ‘pronto’, si innervosiva. «Non sono un forno» rispondeva.

All'improvviso, di fronte a quello specchio, si vide invecchiata: la vita le era scivolata tra le mani e non aveva fatto altro che assecondarla. Ma solo ora stava emergendo con prepotenza una priorità, un bisogno fisico a cui non riusciva a non pensare in continuazione: chi era davvero e dove stava andando? Cosa voleva dalla vita? E si stava realmente impegnando per ottenerlo? Era Newton, insensibile persino di fronte alla tomba di sua nonna, o stava mentendo, come le capitava di fare sempre più spesso?

Tornò in cucina dove la moka aveva iniziato a borbottare.

«E papà?» chiese.

«È uscito, doveva sbrigare alcune faccende».

Se il signor Lolli si impegnava a cancellare i silenzi con questioni di ordine pratico, la signora Lolli non li cancellava e basta, si rifugiava nei silenzi, e in questo, a dire la verità, sua figlia le somigliava in tutto e per tutto.

Capitolo 6

«Come stai?»

«Bene ma...»

«Ma quando ci vediamo?» aggiunse Angela mentre Margherita protestava per la linea telefonica che andava e veniva. Il cellulare era rimasto per giorni un soprammobile abbandonato sulla scrivania della sua camera.

«Se vuoi, anche...»

«Cosa?»

«Dico che se vuoi possiamo anche...»

«Non ti sento, ci sei?»

Margherita riagganciò e le scrisse un messaggio: 'NON SI SENTE NIENTE, CI VEDIAMO DOPO'.

Quel 'dopo', a Roma non sarebbe stato prima di tre, quattro ore di traffico, spostamenti, gestione di appuntamenti e impegni reciproci. A Collina no, Margherita raggiunse Angela a piedi e nell'arco di mezz'ora si trovava già nel negozio dove lavorava.

Erano trascorsi dieci giorni dal funerale e quella era la prima volta che si rivedevano. Prima di entrare nel negozio, si fermò davanti alla vetrina a osservare l'amica impegnata a piegare magliette e pantaloni. La guardò sbuffare, sorridere con una collega, fare avanti e indietro tra bancone e clienti, e pensò che no, in tutti quegli anni, la sua gestualità non era cambiata. Il suo modo di toccarsi il naso, di raccogliere dietro l'orecchio una ciocca di capelli, il suo gesticolare era lo stesso di quando, davanti alla lavagna, veniva interrogata dal professor Cotturri e lasciava tutti a bocca aperta. E forse sì, loro due erano diverse, erano cresciute e diventate donne, avevano cambiato città e compagni, case e lavori, avevano vissuto vite separate, ma in qualunque posto nel mondo, a Collina o a Roma, in città o in campagna, al Sud o al Nord, si sarebbero riconosciute da lontano.

«Che fai qui? Entra» le disse appena la vide impalata là fuori.

Margherita assecondò l'amica seguendola in uno sgabuzzino dove Angela prese la sua borsa con il portafiltri e il tabacco. Uscirono dal negozio e fumarono insieme in un rito di contemplazione e silenzio, accolte dalla stradina secondaria di piazza San Sebastiano, di fianco all'ingresso del Planet, l'unico pub rimasto aperto. A terra c'erano un paio di lattine vuote usate dai ragazzini dell'oratorio come sgangherati palloni da calcio. Se anche loro due si vedevano un po' ammaccate, non se lo dissero, ma continuarono a fissare le lattine che rotolavano sull'asfalto senza alzare lo sguardo.

«Ti ho scritto un sacco di messaggi» disse Angela a un certo punto, lanciando la cicca con l'indice e il pollice della mano destra, usati come una fionda.

«Volevo starmene per i fatti miei» rispose Margherita. L'amica le fece un cenno con la testa per dirle: *ci sta, ti capisco.*

La sigaretta era finita dritta dritta nel tombino di fronte a loro. Anche Margherita lanciò la sua, ma il tiro fu sgonfio e poco allenato, tant'è che per poco non le finì sui sandali.

Anche lì, con Angela, faceva fatica a parlare. Tornava il muro, tornavano i silenzi, tornava il suo tormento: guarire o dannarsi per questa incapacità di comunicare le emozioni.

«Ci pensi mai?» chiese a un tratto.

«A cosa?»

«A quel giorno in ospedale» disse, pentendosi un attimo dopo. Ma come le era venuto in mente?

Il viso di Angela si indurì.

«Non ne abbiamo più parlato» cercò di rimediare Margherita, «come se l'avessimo cancellato».

«Io no, ti assicuro. Ci faccio i conti ogni ora della mia vita da più di quindici anni».

«Anche io, ma non per quello che pensi tu. Ho sempre avuto l'impressione che da allora abbiamo smesso di dirci la verità».

«Semmai è il contrario» rispose Angela. «Da quel giorno tutte le menzogne che ci eravamo dette fino ad allora sono crollate come un castello di carte».

Angela riprese a camminare e Margherita la seguì, cercando inutilmente il suo sguardo. Avrebbe voluto ricominciare a parlarle e lo fece: «Lo so che ti ho deluso...» Ma non ebbe il tempo di andare avanti che il telefono di Angela si mise a suonare.

«Pronto?»

Mentre proseguivano, Angela faceva dei cenni con la testa per salutare le persone che incrociava sulla strada.

Paolo, il panettiere che consegnava un filoncino di grano duro alla signora di Vico al Pozzo del terzo piano, senza ascensore.

«Senti, mamma, non me lo puoi dire in un altro momento?»

Carmen, la commessa in pausa caffè del negozio a fianco al suo.

«Sì, ho capito, ma sono con Margherita ora».

I genitori di Laura, la vicina di casa che ogni sera urlava e litigava con il marito e minacciava di andarsene.

«Sì, sta ancora a Collina. No, non è ancora andata via».

Arrivarono sull'uscio del negozio.

«Mamma, devo rientrare al lavoro. Ti saluto. Ciao. D'accordo, quando finisco te lo vado a prendere io in farmacia».

«Scusa» disse poi a Margherita rimettendo il telefono in borsa. «Devo andare. Ci vediamo stasera?»

«Sì, ci vediamo dopo» rispose, senza sapere se avrebbe mantenuto la parola. Se ne andò con quella sensazione delle cose sospese, di frasi non finite, di discorsi interrotti e mai ripresi. E tutto attorno a lei sembrava aver assunto la stessa precarietà: il palazzo di via Cavour con le impalcature, le panchine verdi smaltate per metà che brillavano sotto il sole. Alcuni bambini giocavano con un Super Santos in mezzo alla piazza, mentre un gruppo di persone in abiti eleganti aspettava l'uscita di una coppia di sposi dalla basilica.

In tutti quegli anni si erano sposati anche Francesco e Giusi, Luca e Piera, Claudia e Rocco, Anna e Mario, e gli inviti si erano moltiplicati. I più la cercavano come un trofeo – la professoressa scrittrice che andava al loro matrimonio! –, ma Margherita non aveva mai confermato la sua presenza. Che fossero compagni di scuola o persino parenti di secondo grado, non aveva mai neppure dato risposta. Replicando, di fatto, la scelta di sua nonna: dimenticarsi di Collina senza tornare più indietro. Se ne rendeva conto soltanto adesso, mentre guardava cadere il riso sulla testa di quei due sconosciuti, i fotografi intorno, gli abiti da cerimonia, le alture di fronte al paese illuminate dal sole.

Il rintocco delle campane annunciò, puntuale, che era già mezzogiorno. E fu in quel momento che Margherita incrociò il suo sguardo. L'uomo con la macchia in faccia che il giorno del funerale stava di fianco alla bara della nonna era in piazza da solo e fumava seduto a un tavolino del bar. Aveva una camicia a righe bianche e blu, o almeno così le sembrava dalla distanza che li separava, sufficiente a farle capire che lui la stava ancora osservando. Rallentò la camminata, alzò sulla testa gli occhiali da sole e dopo pochi secondi lui sollevò la mano accennando a un saluto. Margherita ricambiò senza neanche capire bene perché. Poi sentì una voce familiare chiamare il suo nome: era il signor Lolli con le buste della spesa, che arrivava tutto affannato dall'altra parte del marciapiede.

«Be', *muvt, piggh chess*» e le passò un sacchetto con burrata, formaggi e altri latticini che le avrebbero massacrato lo stomaco.

«Papà, ma io tutte 'ste cose non le posso mangiare...»

«Meh, *cammein*, co' tutte 'ste cavolate che vi raccontano delle intolleranze. E noi chissà come mai siamo ancora vivi».

«Senti, ma tu lo sai chi è quell'uomo?»

«Chi?»

«Quello in piazza che ci sta guardando in questo preciso istante» le venne da abbassare la voce «e che era al funerale della nonna».

«Ma chi?» tagliò corto lui voltandosi appena a guardare, mentre poggiava le buste sul marciapiede per tirare il fiato. Poi, ignorando la sua faccia sorpresa, le passò un sacchetto e riprese a camminare. «*Mein*, quello è più leggero».

Capitolo 7

Aveva deciso di uscire seguendo il consiglio di Angela («Ti devi scrollare l'ansia di dosso»), ma riusciva appena a stare in piedi, le gambe molli, la testa pesante.

«Sarà un po' di stanchezza» aveva detto suo padre, «con questo caldo... Prendi un po' di magnesio».

Il 'paese vecchio', come lo chiamava la nonna, era stato stravolto per accogliere qualche locale alla moda, oltre a un'osteria dove il menu del giorno prevedeva orecchiette fatte in casa, polpo alla piastra con contorno di verdure e tiramisù. All'ingresso c'era una targhetta di porcellana dipinta a mano con la scritta: 'Se quelli che dicono male di me sapessero quello che penso di loro, direbbero peggio'. Cento metri più avanti c'era il pub.

Angela salutò dei ragazzini accalcati all'ingresso che fumavano l'ultima sigaretta prima di entrare. Si era messa un paio di jeans attillati e una camicetta bianca di taglio maschile che accennava appena alle sue forme. Portava una borsa nera a tracolla e dei braccialetti dorati che le impreziosivano il polso. Il volto minuto, le dita lunghe e affusolate sembravano candele pronte per essere accese. Sulla fronte, quando rideva di gusto, le appariva sfacciata una vena grossa e obliqua al naso che partiva dalla tempia destra e sfumava formando con il sopracciglio un simpatico angolo ottuso. Sembrava un torrente, ma di quelli nascosti e difficili da scovare come nelle vicine Dolomiti lucane, con le guglie nude e prepotenti che loro, ogni tanto, avvistavano da lontano quando il cielo era così limpido da specchiarcisi dentro. Fosse stato un uomo, quel torrente le avrebbe fatto girare la testa.

«Brava che sei venuta» la accolse Angela, facendole strada nel pub fino al tavolo vicino al vecchio jukebox con i dischi dei Righeira e Toto Cutugno.

I tavoli grandi di legno, le poltrone di pelle rossa che ambivano a imitare quelle dei diner americani, il bancone pieno di liquori e rum. Nel pub era tutto come tanti anni prima: al posto del televisore c'era un maxischermo e, sotto, un piccolo spazio lasciato a disposizione di una rock band locale che si sarebbe esibita dalle ventitré in poi. Il locale dove lei e Angela avevano trascorso le serate del liceo, e da cui uscivano con i capelli unti di fumo e frittura, era affollato di gente di cui non conosceva nome, età e provenienza. Facce che non aveva mai visto ridevano e mangiavano patatine fritte e panzerotti farciti con mozzarella e prosciutto cotto. Margherita vedeva tutto al rallentatore, i ricordi si mischiavano alle immagini reali, i suoni e gli odori le sembravano moltiplicarsi.

Camminando, Angela si lamentò della stupidità della gente di Collina per cui tutto veniva parametrato in base ai soldi guadagnati. Mentre lo diceva si girò per cercare la sua approvazione.

La scala di valori era facile:

Seicento euro = sfigato

Novecento = sfigato uguale

Mille = scemo

Millecinquecento = mica tanto scemo

Duemila = borghese

«Da duemilacinquecento in su sei un signore, e ogni tanto al bar di piazza San Sebastiano offri caffè o spumante a tutti per dimostrare il teorema del marchese del Grillo: io sono io e voi non siete un cazzo» spiegò Angela mostrandole dove sedersi.

«Ovviamente non è il mio caso» rispose Margherita sorridendo.

«E figurati il mio» le fece eco l'amica alzando il braccio in alto per richiamare l'attenzione della cameriera.

Entrambe guadagnavano poco più di mille euro, e nella capitale quella cifra bastava appena per coprire le spese di casa.

«E tu a Roma vivi da sola?» le chiese Angela.

«Sì, da un bel po'. Coi miei non potevo più resistere» rispose, senza aggiungere altri dettagli. Nessuno a Collina conosceva la verità sul suo lavoro, sulle bollette in rosso, sui sogni mai avverati, e su quell'appartamento condiviso con gli studenti anche se lei studente non era più da un pezzo. Mentendole, si rese conto che neppure con lei, con la sua amica d'infanzia, riusciva a essere libera. Libera di raccontare i suoi fallimenti, la pressione dei genitori nei suoi confronti, il riscatto sociale tanto atteso e mai arrivato.

Non voleva deludere le aspettative di Angela, ai cui occhi appariva come quella che ce l'aveva fatta, che era riuscita ad andarsene da Collina, a laurearsi, a trovare un impiego dignitoso, la professoressa che scrive libri, chi l'avrebbe mai detto? Invece Margherita era da anni una supplente, collezionava incarichi passando da una scuola all'altra, e da tempo ormai aveva abbandonato la scrittura. E così evitò accuratamente il discorso, dirottandolo sui ricordi di scuola, le imitazioni dei professori, i dispetti fatti alle matricole, gli scioperi per i termosifoni spenti passati a convincere le compagne a non entrare in classe. I cineforum a casa di Alberto, il suo primo bacio, il suo primo tutto.

«Che fine ha fatto?» chiese ad Angela mentre metteva in bocca l'ennesima nocciolina.

«Vive ad Ancona, da quello che so. Fa l'avvocato per uno studio legale. Qualche giorno fa l'ho rivisto, credo sia qui per le ferie».

'Lui qui per le ferie' furono le uniche parole che continuarono a girarle in testa per il resto della serata, mentre Angela le raccontava dei suoi problemi al negozio, della collega puzzolente – *lui qui per le ferie* –, dell'esame di statistica che aveva causato lo stop agli studi – *lui qui per le ferie* –, dell'appendicite e della casa nuova dove si era trasferita – *lui qui per le ferie* –, dei Coldplay, o meglio dei Muse, del concerto di Vasco che tra un po' ci restava secco, dell'uomo con cui era appena andata a convivere e per il quale non provava niente — *lui qui per le ferie.*

«Ma mi stai ascoltando?»

«Quindi lui è qui per le ferie?»

Angela si girò e chiese un altro Negroni sbagliato.

«No, due!» urlò Margherita.

Un paio d'ore dopo, erano completamente ubriache.

Le luci del pub si abbassarono, una chitarra cominciò l'arpeggio di *You Never Can Tell*, Margherita sentì il braccio allungarsi come una fune. Non era riuscita a bloccarla, a opporre resistenza, e in un attimo erano tutte e due al centro del pub a imitare Vince Vega e la moglie di Marsellus Wallace. Angela tese le mani all'amica, sostenendola ogni tanto per paura di vederla cadere a terra. Ma i fianchi ormai si muovevano da soli, il twist di entrambe era scoordinato e sbilenco. Angela, che reggeva meglio l'alcol, era entrata nella parte e muoveva le gambe a ritmo di musica abbassando di tanto in tanto il busto all'indietro e in avanti e sfiorando le labbra di Margherita per gioco. Intorno a loro si strinse un capannello di curiosi che rumoreggiava e batteva le mani, Margherita sentì la testa rimbombare come un martello pneumatico, la musica era un fischio lontano che entrava da un orecchio e usciva dall'altro. Le luci cominciarono a pungere gli occhi, Margherita li chiuse e provò la stessa pace di quando, da bambina, andava alle saline in bicicletta, il vento tra i capelli, la testa rivolta verso il cielo, i fenicotteri rosa inchinati davanti al sole, il becco nel fango, i saltelli sull'acqua tutti insieme in un balletto di piume rosa e bianche davanti a quelle piramidi di sale. Ballava anche lei ora, ma quando riaprì gli occhi, stava quasi per vomitare.

Angela no. Continuava a muoversi e a coinvolgere l'amica in giravolte e passi di danza esasperati. Quand'è che era diventata così sfacciata? Quand'è che aveva perso la sua celebre capacità di nascondersi, di passare inosservata, di brillare solo per mostrare il meglio di sé?

«Avete finito di fare lo show?»

Dalle spalle di Angela comparve Michele, il suo ragazzo. Aveva la camicia zozza, le mani ruvide e una voce fastidiosa che Angela riconobbe senza neanche voltarsi.

La canzone intanto era finita. Se ne tornarono al tavolo in mezzo a un coro di urla e applausi maschili. Tutti gli occhi del pub erano rivolti verso di loro, Angela camminava trascinata per un braccio da Michele, Margherita quasi non si reggeva in piedi.

Non c'erano state presentazioni, i convenevoli del resto

non appartenevano allo stile di nessuno dei tre, figuriamoci di Michele che aveva lanciato occhiatacce a entrambe per la scena che si era trovato davanti al suo arrivo. Ma il tempo di raggiungere il loro tavolo e lo scatto di gelosia gli era già passato, sostituito dalla voglia di bere.

«Be', com'è tornare a casa?» chiese a Margherita. Aveva l'alito che puzzava di gin tonic.

«È tutto esattamente come l'ho lasciato» biascicò lei.

«Stai dicendo che fa schifo?» rispose lui. Subito dopo alzò la mano verso il bancone a indicare una richiesta precisa, consueta. Non fece in tempo a rimetterla sul tavolo che gli fu servito un drink.

«No, assolutamente» cercò di chiarire Margherita, ma si mise a ridere e guardò Angela con gli occhi mezzi aperti.

«Sei come tutti i forestieri insomma» commentò Michele dopo una breve pausa, «arrivate qui, pensate che siamo dei caproni, dei contadini ignoranti. E credete pure di essere migliori. Voi poi, che ve ne siete andati come dei codardi, che ve ne fottete di quello che avete lasciato giù...»

«Dai Michele, non cominciare, sei già ubriaco» provò a fermarlo Angela.

«Pure noi!» disse ridendo Margherita. «Devo vomitare...»

«Andiamo, andiamo, ti accompagno in bagno».

Si alzarono insieme, Angela fece strada e si girò un attimo verso Michele palesandogli tutta la sua disapprovazione. Lei, i Negroni sbagliati, li aveva retti senza troppi complimenti.

Aprirono la porta del bagno con le piastrelle verdi, Margherita alzò la tavoletta del wc e si sedette.

«Ma non dovevi vomitare?» chiese Angela quasi urlando. Il volume della musica era molto alto. In attesa di una risposta che tardava ad arrivare, si sistemò i capelli guardandosi allo specchio, poi cercò qualcosa nella borsa, si chinò con la schiena verso il lavandino, tirò fuori un pacchetto di carta bianco, lo aprì, mise una polverina sul marmo e la tirò su per una narice.

«Vuoi?» disse poi, stropicciandosi il naso. Margherita si rialzò le mutande, tirò lo sciacquone e aprì la porta barcollando.

Se ne andarono dal pub tutti e tre senza dirsi altro, passeggiando tra il vocìo della gente, le macchine parcheggiate, il viavai dei ragazzi, i camioncini illuminati che vendevano panini e *gnumeridd*. Dall'altra parte della strada, all'altezza dell'edicola di corso Umberto, Margherita vide i signori Lolli a braccetto. Li salutò cercando di sovrastare le bancarelle e il volume della musica neomelodica di un certo Celestino, fino a quando la videro e alzarono entrambi le mani per rispondere al suo ciao. Non riuscì a raggiungerli, trascinata via da Angela in estasi per le macchine da scontro.

«Ma chi stavi salutando?»

«C'erano i miei».

«Ma che dici?»

«Te lo giuro».

«No amore, tu sei andata».

«Te lo giuro, erano loro».

«Facciamoci un giro, è meglio».

«Dove?»

La prese di nuovo per un braccio e se la portò sulla pista degli autoscontro, dopo aver pagato alla cassa due gettoni. Michele rimase indietro, a tirare pugni a un pungiball circondato da ragazzini urlanti.

Le luci colorate abbagliavano i loro visi di blu e rosso,

e l'odore di hamburger che arrivava da un camioncino poco distante scatenò tutta la nausea che Margherita aveva trattenuto fino a quel momento. Dalla bocca dello stomaco le saliva e scendeva lentamente un sapore acido che si fermava all'altezza del naso e poi ripartiva all'improvviso, come se dovesse esplodere e fuoriuscire da un secondo all'altro. L'ultima volta che si era ubriacata era stato alla maturità, e ora non era neanche in grado di calcolare quanti anni fossero passati.

«Dai che ci divertiamo, prof!» disse Angela dandole una pacca sul sedere e trascinandola letteralmente al volante di un'auto della polizia. Angela si mise su una Ferrari e cominciò il giro a tavoletta, schiacciando il pedale più che poteva, senza lasciarlo mai e mirando tutte le volte alla macchina dell'amica, che riusciva a colpire a ogni giro in un punto diverso. A ogni scontro, Margherita sentiva uno scoppio nello stomaco.

Fu in quel momento che lo vide davanti a sé: le luci delle giostre gli illuminavano gli occhi sorridenti, segnati da piccole rughe simmetriche che gli disegnavano armonicamente anche la fronte. Le labbra carnose erano appena socchiuse, le guance magre erano ancora marchiate da quelle due fossette che l'avevano fatta innamorare.

Si guardarono e sorrisero entrambi, con naturalezza. Margherita aveva una mano sul volante e l'altra se la mise sulla fronte: aveva trentatré anni, era sulle macchine da scontro circondata da tredicenni urlanti, Angela continuava a scagliarsi a tutta velocità contro la sua auto, Rihanna cantava *Please Don't Stop the Music.* E Alberto la guardava.

Il suono di una sirena le avvertì che il giro era finito e, mentre le macchine si appisolavano sulla pista, Margherita sentiva le gambe tremare. Si alzò lo stesso e, poco alla volta, cercando di darsi un contegno, raggiunse Alberto sulla banchina.

Please don't stop the music...

«Come stai?»

It's getting late...

«E tu?»

I'm making my way over to my favourite place...

«Quanto tempo è passato?»

I gotta get my body moving...

«Quindici anni?»

Shake the stress away...

«Come va a Roma?»

I wasn't looking for nobody when you looked my way...

«Bene e tu dove sei?»

Possible candidate, yeah...

«Ancona».

Please don't stop the music...

«Come mai?»

Who knew that you'd be up in here looking like you do...

«Non ho capito!»

You're making staying over here, impossible...

«Come mai Ancona?»

Baby, I must say your aura is incredible...

«Ahhh... ho studiato lì».

If you don't have to go, don't...

«Ci spostiamo? Non sento niente».

Do you know what you started?

«Come?»

Please don't stop the music...

«Ho detto: ci spostiamo?»

Please don't stop the music...

«Non posso, sto aspettando mia moglie con i bambini».

Margherita non sentì più Rihanna ma solo il conato di vomito che iniziava a montare senza freni come un'onda. La salivazione aumentò, il sudore freddo le coprì la fronte mentre gli occhi guardavano increduli la mano sinistra di Alberto con la fede.

«Hai dei bambini. Quanti anni hanno?» riuscì solo a chiedere, come se in quel momento fosse un'informazione importante.

«Quattro e tre anni, sono due maschietti. Ti senti bene?»

«Sì sì, è solo che devo raggiungere Angela».

«Ci rivediamo o sparisci ancora?» chiese lui.

«No, non sparisco».

Un minuto dopo Margherita vomitava dietro la giostra dei calcinculo.

Capitolo 8

L'orecchio destro pulsava a intermittenza e lei era tutta nuda. Si era svegliata all'improvviso per quel rimbombo nel timpano, un rumore ovattato che le avvolgeva tutta la testa fino ad arrivarle, pungente, negli occhi. Cercò le mutande, muovendo a caso le gambe e poi le braccia che vagavano nel letto stropicciato. Non riuscì a trovare niente se non il lenzuolo e qualcosa che al tatto sembrava un brandello di plastica morbida. Aprì gli occhi di scatto e si ritrovò in mano un preservativo usato. Lo lanciò fuori dal letto, si alzò all'improvviso, gli occhi spalancati, il lenzuolo giallo usato per coprirsi, la sua immagine riflessa in uno specchio a figura intera. Non poteva essere lei quella che vedeva con i capelli arruffati, il rossetto sbavato, al centro di una stanza che non riusciva a definire camera da letto. Pantaloni e felpe a terra, pacchetti di sigarette accartocciati, un posacenere stracolmo sul comodino, una chitarra elettrica sdraiata su cui splendevano i raggi del sole che filtravano dalla finestra. Appese al muro, sopra una scrivania usata come poggia-abiti, delle foto incorniciate in cui per un istante le sembrò di riconoscersi. Era confusa, scese dal letto per guardarle da vicino cercando di non far rumore, voleva recuperare le sue cose e scappare via, ma riuscì a trovare solo i suoi jeans e una maglietta. Li prese al volo, se li infilò saltellando sulle gambe mentre andava verso la scrivania. Tra le foto riconobbe Alberto quando portava ancora i capelli lunghi, e c'era anche lei, un vestitino a fiori, le Dr. Martens ai piedi, la mano che teneva quella di Denis, impegnato con l'altra a mangiare un panino.

Sorrise ripensando a quei momenti, a quei giorni a Lucera, dietro di loro l'anfiteatro romano e la Punto da cui sbucava puntualmente il cugino di Alberto che aveva già, all'altezza della guancia destra, la cicatrice dell'incidente. Se l'era procurata un giorno che erano saliti sul monte Cornacchia, sulla cresta che da Campo Felice sembrava insinuarsi tra le vette del gruppo montuoso Velino-Sirente. Si erano fatti attrarre dal cartello che indicava il valico Le Chicsole da cui iniziava un ripido sentiero che si inerpicava fino al margine superiore della scarpata. Alberto conosceva bene il percorso perché lì, quando era piccolo, suo padre lo portava spesso a passeggiare quando andavano a trovare la zia prof. Avevano continuato a camminare attraverso un prato in discesa, poi erano risaliti per il bosco ma Denis aveva cominciato a lamentarsi, il fisico appesantito dai chili che sporgevano sulla pancia, il fiatone insistente. Tornare indietro non si poteva, l'appuntamento con la zia prof era in cima al monte Cornacchia e per raggiungerlo dovevano ancora salire per una cinquantina di metri fino alla lunga sella oltre la quale si rientrava per un breve tratto coperto. Non c'era scelta e Alberto aveva cominciato a sostenere il cugino nei tratti più ripidi, aiutandolo con le braccia e spingendolo dalla schiena come fosse un montacarichi. Ma quello, anziché farsi forza con l'aiuto del cugino, si era lasciato andare abbandonandosi a peso morto, facendoli rovinare entrambi a terra, l'uno sull'altro. Erano scoppiati a ridere, Alberto e Margherita, ma era stato solo un attimo perché Denis, nella caduta, aveva sbattuto la faccia contro un masso e aveva perso i sensi. Una punta di pietra gli aveva perforato la guancia destra, e mentre il corpo del bambino restava immobile, il sangue colava sotto l'occhio. Margherita e Alberto avevano urlato in cerca di aiuto fino a quando una squadra di soccorritori, allertata da un escursionista esperto, li aveva raggiunti. In seguito, la cicatrice sarebbe diventata per Denis un eterno segno di riconoscimento, un marchio che lui, grasso e da sempre deriso dai compagni di classe, tornando a scuola aveva mostrato come una medaglia al valore. Gli era cambiato lo sguardo, da allora meno infantile, più ruvido, al punto da guadagnarsi il soprannome *u Sfregg't*, lo Sfregiato, che tuttora portava con orgoglio come se fosse un accento sulla sua virilità.

La foto appesa sopra la scrivania risaliva a dopo l'incidente e Margherita la stava osservando quando un colpo di clacson spezzò il silenzio della stanza. Si avvicinò alla finestra, scostò leggermente la tenda di lino e il sole le arrivò dritto negli occhi, pungente. Per istinto la chiuse di scatto ma poi la riaprì di nuovo, con forza, come se qualcosa avesse attirato la sua attenzione: la macchina parcheggiata vicino al marciapiede, le quattro frecce accese, il clacson che suonava a ripetizione. Poi si aprì lo sportello e dall'auto scese Alberto. Alle sue spalle, pochi metri più in là, illuminata dal sole già alto, all'improvviso era apparsa una casa. Non una qualunque: era la sua. In giardino Margherita riconobbe suo padre tagliare l'erba, sul balcone la madre stendeva i panni ad asciugare. Lei – le fu improvvisamente chiaro – era nella casa cantoniera.

«Ti sei svegliata?»

La voce la sorprese mentre Margherita era ancora di spalle alla finestra, con la bocca aperta per lo stupore e la mano a reggere la tenda oltre la quale i suoi genitori si davano da fare e Alberto cominciava a scaricare la spesa dal portabagagli, aiutato dalla moglie.

Si voltò. Avrebbe voluto formulare una qualunque risposta, fingere serenità, ma in certi casi la sua faccia, come le aveva spiegato più volte Angela, parlava meglio di lei. «Te lo vedo da qui» le diceva spesso l'amica quando da bambine la sorprendeva a mentire; le toccava con il dito le guance, rosse e bollenti. Proprio come in quel momento, in quella stanza: lei coi jeans slacciati alla finestra, Denis di fronte a lei.

Margherita non ricordava niente della sera precedente, niente dopo Alberto, niente dopo le macchine da scontro. Niente se non i bicchieri scolati al pub, il ballo di *Pulp Fiction* con l'amica, gli applausi.

«Che ore sono?» chiese girandosi e guardando ovunque tranne che nella direzione di Denis.

«È mezzogiorno» rispose lui ostentando una finta tranquillità.

«Devo andare».

Margherita cominciò a cercare per terra la sua borsa, in ogni angolo. Si accovacciò controllando accanto al comodino, sotto al letto.

«Stai cercando questa?» disse lui, facendole oscillare davanti la tracolla della borsetta nera. Solo a quel punto Margherita fu costretta ad alzare la testa e a guardarlo dritto negli occhi. Le guance erano ormai in ebollizione, il fischio nell'orecchio diventò vigoroso, tanto che per reazione si portò la mano destra alla tempia.

«Stai bene?»

«Sì sì, sto bene» balbettò alzandosi da terra e acciuffando velocemente la borsa per evitare qualsiasi tipo di contatto.

Si mise seduta sul letto, aprì la borsa per cercare il telefonino e vide dieci chiamate perse:

Papà 00:30
Papà 1:37
Angela 2:13
Papà 6:27
Mamma 7:04
Papà 8:35
Papà 9:04
Angela 10:02
Papà 11:23
Mamma 11:44

«Merda» disse ad alta voce, tirando fuori le chiavi di casa.

«Senti, io lo so che tutto questo ti sembra assurdo, che sei frastornata, che non capisci niente, che forse per te...»

«No, ti prego» lo fermò subito.

«No, Margherita davvero...»

Ma lei era già verso la porta, i capelli ancora in disordine.

«Non è che sono frastornata, ero ubriaca, lo capisci?»

«Ma ieri...»

«Ieri cosa?» disse lei coprendosi ancora l'orecchio destro con la mano. Il fischio era diventato uno spillo nel cervello, insopportabile, come la sua presenza in quella stanza, in quella casa, in quel letto. Il letto di Denis. Non c'era più alcuna traccia del bambino grasso che si infilava nella Punto blu di Alberto e si nascondeva tra i sedili di dietro, sotto le coperte, per ricomparire a Lucera. Il bambinone con la pancia enorme adesso aveva le spalle muscolose, i capelli neri che arrivavano sotto al mento, un paio di occhialetti tondi poggiati sul naso. Restava la cicatrice, lo sguardo dello *Sfregg't*.

Margherita aprì la porta e se ne andò. Scese le scale di corsa, a due a due, sperando di non incontrare Alberto, la moglie, i loro figli. Si chiuse il portone alle spalle, fece pochi passi con il cuore in gola, il fiato corto, il fischio nell'orecchio che non voleva andarsene. E quando pensò di essere salva, quasi lontana dalla casa cantoniera, sentì pronunciare il suo nome.

«Margherita? Margherita, aspetta!»

Si girò di scatto.

«Hai dimenticato il cellulare sul letto».

Strappò il telefono dalle mani di Denis e corse via.

Capitolo 9

Quasi non ricordava più quell'odore di stoppie bruciate, che con il vento si trascinava moribondo sul loro balcone causando un moto d'ira irrefrenabile della signora Lolli: dopo la mietitura e la spigolatura, Ciccio detto Tarallo, il contadino che abitava vicino casa loro, accendeva sempre il fuoco per eliminare i residui del grano. Era un'operazione pericolosa, che faceva di solito dopo la festa della Madonna del Bosco. Si muniva di *ferch* e *rastrjdd*, come li chiamava il signor Lolli, oltre a innumerevoli sacchi di tela che servivano a spegnere il fuoco nel caso in cui le fiamme si ostinassero a prendere direzioni inaspettate. Ovviamente era illegale, ma Tarallo continuava a farlo di nascosto insieme alle due sorelle con cui avrebbe poi vissuto da celibe tutta la vita. E anni dopo, con la consueta tolleranza dei carabinieri di provincia, continuavano a farlo anche altri contadini meno conosciuti e, per quanto ne sapesse Margherita, meno simpatici di Tarallo. All'epoca, se sua madre aveva steso i panni, al primo odore di fumo iniziava a urlare reclutando tutta la famiglia per sbaraccare i vestiti prima che si riempissero di cenere. Alla fine dell'operazione, se non erano intervenuti i vigili del fuoco ed erano tutti sani e salvi, Margherita restava delle ore sul balcone a respirare quell'odore acre. Le piaceva immaginare che quello era l'odore della loro terra.

«*A vest?*» le disse il signor Lolli, deluso, mentre come un ragazzino si sedeva per terra a fianco della figlia sul lato del balcone che un tempo faceva da guardiano al campo di Tarallo. Il grano non c'era più e al suo posto si muovevano gigantesche pale eoliche d'acciaio alte trenta metri, che con il vento sembravano danzare a tempo di musica.

«A me piacciono» rispose lei provocando una riflessione della durata di venti minuti, in cui il signor Lolli cercò di spiegare perché quelle pale fossero poco utili e rovinassero il paesaggio.

«Uccidono gli uccelli, allontanano i pascoli, cancellano millenni di civiltà contadina e pastorale».

La loro era una Puglia lontana da quella raccontata dalla televisione, con la pizzica, il mare cristallino e la 'puccia' salentina. La Puglia dei Lolli era quella dove i bambini trasformavano ruderi abbandonati in divertenti parchi giochi. Era la Puglia fatta di grano e stoppie, di rifiuti tossici sotterrati come nella peggior Somalia, di ragazzini ammalati di leucemia in quinta elementare, di trulli e uliveti secolari venduti al mercato nero, di pane caldo e aria alla diossina. Era il dolce e l'amaro, croce e delizia, anche se poi, da lontano, a loro piaceva fare come gli amanti che si dicono addio e del loro passato custodiscono solo i ricordi più belli. Così faceva suo padre, così faceva sua madre e così faceva inconsapevolmente anche Margherita.

«Dove sei stata stanotte?»

«Papà, ma devo ancora darti giustificazioni? Pure quando avrò quarant'anni?» rispose Margherita guardando la casa cantoniera. Parlava con suo padre, ma ancora non si capacitava con se stessa di quello che era accaduto nelle ultime dodici ore.

«*C' c'entr*? È per sapere. Almeno avvisa, la prossima volta. Siamo stati preoccupati».

Il signor Lolli era preoccupato sempre, anche se non c'era niente di cui preoccuparsi, anche se la figlia non gli aveva mai dato modo di preoccuparsi. Anche se Margherita, come ammetteva quando discutevano, non era più una bambina, lui era comunque preoccupato. Da quando era diventato padre gli si era appiccicata addosso quest'ansia di non trovarla più, di perderla all'improvviso, di vederla scomparire come in un sogno. Quando Margherita era appena nata e dormiva molto, così tanto che toccava svegliarla per le poppate, a volte andava a controllarla nella culla e le metteva sotto al naso uno specchietto trafugato dalla borsa della moglie, per verificare il suo respiro. La signora Lolli lo prendeva in giro, ma era più forte di lui.

Dalla casa cantoniera Margherita vide un uomo che camminava nella loro direzione.

«Sai che ieri, tra le bancarelle della festa della Madonna, ho incontrato il tuo vecchio professore?»

«Chi?» chiese lei mentre cercava di capire chi fosse quello che vedeva di fronte.

«Il tizio che insegnava inglese, pelato... Come si chiama...»

«Cotturri?»

«Sì, proprio lui».

La sagoma diventava sempre più chiara. Denis era alto e magro, non poteva essere lui. Ma forse Alberto...

«Embè?»

«Lo hanno fatto preside. Dice che ora il tuo liceo è diventato privato, ti ricordi che quando lo frequentavi tu era paritario?»

«E quindi?» chiese lei, che davvero non capiva perché gliene stesse parlando.

No, Alberto no. Si erano visti per poco, lei era ancora stordita, non si ricordava niente, ma Alberto no, non poteva essere lui. Era ancora longilineo, la figura slanciata, i capelli scuri. Invece quell'uomo sembrava avanti con l'età e più si avvicinava e più sembrava che zoppicasse.

«E quindi niente, la settimana scorsa mi sono permesso di mandargli il tuo curriculum».

«Papà!»

«Ma che c'è di male?»

«C'è di male che ne abbiamo parlato cento volte e fate ancora lo stesso errore» gridò. «Decidete per me, senza consultarmi!»

«Ma non ho deciso proprio niente, gliel'ho solo inviato e ieri mi ha detto che ha apprezzato».

«Sono io però che non apprezzo. Ma come ti viene in mente?»

«Che succede?»

La signora Lolli aveva sentito le voci del marito e della figlia dalla finestra della camera da letto e aveva deciso di raggiungerli. I capelli, di solito lisci e ordinati da una messa in piega casalinga, erano ormai mossi e unti. Non voleva lavarli, non voleva uscire, né pettinarsi e vestirsi. Accettava di farlo solo per andare al cimitero a trovare la madre: si fermava da Antonio, il fioraio all'angolo tra via Cavour e via Canosa, e comprava un bel mazzo di tulipani rossi. I preferiti della nonna.

Tanto il signor Lolli era attento e apprensivo con la figlia ai limiti della morbosità, tanto la signora Lolli era calma, di manica larga, distratta. Ma se c'era, tra i due, qualcuno che prevaricava sull'altro in termini di sentimenti, quello era il signor Lolli che imprimeva, nella gestione e nell'educazione di Margherita, una notevole quota d'ansia.

«Papà ha praticamente chiesto al preside del mio vecchio liceo di assumermi».

La signora Lolli alzò gli occhi al cielo, poi rivolse con rassegnazione lo sguardo al marito. Era ancora in pigiama, le ciabatte ai piedi, gli occhi gonfi di chi ha dormito poco e pianto molto. Non era stata in grado, in quei giorni, di pensare al suo aspetto. Di solito sfogava la sua vanità in camicette a pois e gonne poco sopra il ginocchio. Per strada gli uomini si voltavano a guardarla, anche più di quando era l'inconsapevole adolescente che aveva conosciuto il signor Lolli e lasciato di colpo la scuola e Roma. Era arrivata a Collina quando persino le gonne lunghe a fiori erano considerate un atto di blasfemia: nell'epoca in cui, nell'incontaminato Sud, la moda era una sorta di bestemmia.

«Ma chi è?» chiese a un tratto Margherita, rompendo quel patto di silenzio calato subito dopo il battibecco sul professore.

«Chi?» rispose il signor Lolli.

«Il tizio con la macchia in faccia che al funerale si è seduto vicino alla nonna, e che l'altro giorno era in piazza. È lui, guarda» disse Margherita indicandolo. «È inquietante» aggiunse.

«Ma dai, non esagerare. È lo scemo del paese, mi sono informato, al funerale c'era talmente tanta gente che si sarà seduto nel primo posto che ha trovato libero. Va al funerale di tutti, è matto».

«E come mai noi non lo conosciamo? Quando stavamo a Collina non c'era».

«E che ne so, Margheri', ma che ti frega?»

«Al funerale si è messo vicino alla nonna e piangeva».

«Vado a parlargli, se ti fa stare più tranquilla».

«Per dirgli cosa?»

«Ma no, lasciatelo stare» intervenne brusca la signora Lolli che fino a quel momento aveva assistito, assente, al loro scambio. Margherita e il signor Lolli si girarono verso di lei, sorpresi. Allora, come se si fosse resa conto di aver mostrato una durezza che da troppi giorni le mancava, cercò di aggiustare il tiro: «Ma che vi importa, è pronto il pranzo» disse aprendo la finestra del balcone e offrendo il braccio al marito che era ancora seduto a terra.

Lo aiutò ad alzarsi e Margherita li seguì in cucina: il profumo delle cime di rapa fresche, della salsiccia con il finocchietto e del soffritto inondava la casa riempiendola di vita e di ricordi. Sua madre non era mai stata una grande cuoca, per questo lo chef, in casa Lolli, era il padre. Era successo una domenica di inverno in cui l'influenza aveva bloccato a letto la signora Lolli, e il marito, che non aveva mai acceso un fornello se non per fare il caffè, aveva provato a cucinare il ragù. Il freddo entrava dagli spifferi delle finestre mentre i fuochi erano accesi e la cipolla dorava nel tegame, la piccola cascata di vino sfumava nella pentola bollente. Da quel momento, la cucina era diventata un rifugio per il signor Lolli, e un campo minato per moglie e figlia. Guai a toccargli i suoi strumenti di lavoro: le pentole di rame appese al muro, i mestoli di legno che appartenevano alla nonna, e quel robot tritatutto che sembrava uscito da un catalogo Postalmarket.

«Sì, è pronto» disse Margherita guardando il tegame.

«*Fatt li fatt teu*» le rispose il padre, allontanandola dai fornelli con il fianco. Giocavano così, loro due, battibeccando sempre sulle piccole cose. Soprattutto in cucina.

«Nel gateau di patate ci va un pizzico di noce moscata».

«*Se vabbò*».

«Nelle polpette ci va un po' di latte».

«*Camin, vattenn*».

«La parmigiana non va fatta con l'uovo».

«*U dic to*».

«Con le cime di rapa va fatto il soffritto».

«*Mocc a teiv*».

Ed era quella l'espressione che usava di più il signor Lolli con la figlia nelle diatribe culinarie: *mocc a teiv*, mannaggia a te, anche se l'interpretazione poteva cambiare a seconda del tono di voce.

«Come stai, mamma?» chiese Margherita a un certo punto.

«E come vuoi che stia?» disse lei girando il mestolo senza farsi vedere dal signor Lolli. Il timer a forma di mela diceva che mancavano appena dieci secondi al pranzo:

nove

otto

sette

sei

cinque

quattro

tre

due

uno

«Domani partiamo» annunciò il signor Lolli prendendo le presine per scolare il pane cotto.

Margherita lo guardò.

«Il negozio, lo sai. Non possiamo stare così tanti giorni chiusi».

«E mamma?»

«Pure io» aggiunse lei mentre una nuvola di vapore le attraversava la faccia.

«Ma così, all'improvviso?»

«Ma no, te l'avevamo accennato che non potevamo restare ancora per molto. Sono passate due settimane. Tu che fai, vieni con noi?»

«No, io resto qui ancora un po'».

Capitolo 10

Le strade si erano agghindate per la Madonna del Bosco impreziosendosi di luminarie, i madonnari decoravano l'asfalto con immagini sacre, gli africani avevano sistemato sui marciapiedi le loro bancarelle e gli emigrati al Nord erano tornati per respirare 'aria buona'. La tradizione, ricordata ogni anno dagli opuscoli distribuiti sui banchi della chiesa di piazza San Sebastiano, raccontava che l'immagine della Vergine fu trovata da un boscaiolo incastonata nel tronco di una quercia. Per questo motivo fu chiamata Madonna del Bosco e sistemata nel santuario che si trovava poco fuori dal centro abitato. Il martedì di Pasqua, dopo una solenne celebrazione del vescovo diocesano, veniva portata in processione per tutto il paese, dove restava fino al 22 agosto, ultimo dei tre giorni di festa, per poi rientrare al santuario. Alcuni devoti compravano ori e collane da appenderle al collo, altri partecipavano all'asta per portarla in spalla.

Anche quell'anno c'era stato l'ennesimo scontro tra i Mangione e i Ramundo: erano tutt'e due famiglie di imprenditori agricoli e, di fatto, controllavano l'economia di Collina già da diverse generazioni. Ma anziché, come diceva il signor Lolli, *arravùgghje e camìne*, raccogliere e camminare, si erano messi a farsi la guerra. Non solo in politica – i Mangione nel Pd e i Ramundo in Forza Italia –, ma pure all'asta per la Madonna del Bosco che a forza di rilanci aveva raggiunto la cifra record di cinquantamila euro, per la meraviglia del parroco, don Antonio.

Niente succedeva per caso: Rossella, la più piccola dei Ramundo, testa piena di ricci e tette belle grosse, aveva disonorato la famiglia iniziando a frequentare un Mangione. Non un Mangione qualsiasi, ma Carlo, già sposato da tempo con Elvira. La storiella però si era fatta seria e quello a trentanove anni si era messo in testa di lasciare la moglie per una ragazzina di ventidue. E per di più una Ramundo. In paese non si parlava d'altro, soprattutto dopo che Rossella era rimasta incinta, mentre Elvira, con le tube chiuse, si era trovata all'improvviso senza figlio e senza marito. Una sera Carlo e il padre di Rossella avevano sfiorato la rissa, ma l'intervento provvidenziale di Ninuccio, il custode del cimitero, aveva evitato la strage allertando il maresciallo dei carabinieri. Per i Ramundo era stato uno smacco: una famiglia cattolica, con fede democristiana, poi diventata UdC e infine Forza Italia, che si ritrovava con una figlia zoccola. L'unico modo per riscattarsi era pagare, mostrare al paese che niente, né i Mangione, né la figlia, avrebbero mai potuto scalfire la reputazione dei Ramundo. Anzi, la testa la alzarono ancora di più, dopo l'asta per la Madonna, con tante grazie e sorrisini di don Antonio che il giorno dopo prese la Panda della parrocchia e se ne andò a ubriacarsi in Basilicata, per festeggiare lontano da occhi indiscreti.

Erano questi i discorsi che ascoltava Margherita, camminando sul corso mentre ormai nessuno più si chiedeva chi fosse. Perché alla festa della Madonna arrivavano sì i forestieri, ma quelli i collinesi li riconoscevano subito, dalla faccia. Margherita invece no, nonostante gli anni a Roma, nonostante il lavoro da insegnante, nonostante i libri e i viaggi all'estero, quando tornava lì era ancora la bambina delle corse in bicicletta in via Cavour, del muretto di Saddam, degli incontri sulla scalinata di piazza San Sebastiano, del tavolo tarlato del soggiorno dove studiava dopo pranzo, della gente che per strada la fermava e le chiedeva: «E tu, a chi appartieni?». Bastava parlare del signor Lolli ed era tutto un «buona la frutta di mamma e papà», «ti abbiamo vista crescere» e «*quand sì diventata bell*» e «figli non ne hai?».

Entrò al bar De Bonis per un caffè e lì riconobbe Alberto dalla schiena, le spalle larghe, la postura un po' sbilenca per quel vizio, rimasto immutato nel tempo, di mettere sempre un piede sopra l'altro nei momenti di pausa.

«Lo fai ancora eh?» disse Margherita guardandogli i piedi.

Lui si voltò di scatto. «Ciao» rispose, e d'istinto cambiò posizione. Non provava alcun imbarazzo nel rivederla, ma a differenza della sera alle giostre la nostalgia aveva lasciato il posto alla rabbia. Di nuovo. Tutti quegli anni a studiare, laurearsi, farsi una famiglia e crescere professionalmente, tutti quegli sforzi per cambiare vita e costruirne una nuova lontano da Collina, ma la rabbia nei confronti di Margherita non era mai passata. Erano passati vent'anni da quei pomeriggi a Lucera, quando la zia prof li chiamava Anna e Marco e li lasciava per ore davanti alla tv a guardare i film del neorealismo. Margherita e Alberto non erano mai stati due studenti modello, le loro performance al liceo non erano mai state memorabili. E la zia prof lo sapeva bene: li iniziava alla letteratura poco per volta, leggendogli Carlo Levi, Maria

Marcone, Vittorio Bodini o i poemetti di Umberto Fraccacreta che sprigionavano tutto insieme l'odore della loro terra come un alito di vento.

Sulla pendice estrema del Gargano
la masseria giaceva e l'abbagliava
la piana solatia del Tavoliere:
accoccolate sulla bassa costa
ammiccavan le case linde e bianche

In altri casi la zia prof li attirava nella 'trappola' come topi col formaggio: con la magia del cinema di Sophia Loren e De Sica gli aveva fatto conoscere Moravia, con Anna Magnani e *Mamma Roma* gli aveva presentato Pasolini.

Dopo la visione dei film seguivano in genere dibattiti su chi avesse contribuito di più 'a rendere cinematografica la drammatizzazione della problematica esistenziale'.

«Ma ti rendi conto di come parli, Margherita?» diceva Alberto. «Sembri un'ottantenne in cattedra».

«È così» confermava lei.

«Ti senti un'ottantenne?»

«Rossellini ha portato la realtà tragica della guerra sul grande schermo, ma è De Sica che ci ha fatto conoscere a livello internazionale e ha contribuito a rendere cinematografica la drammatizzazione della problematica esistenziale».

«Be', se proprio dobbiamo essere precisi il primo è stato Visconti con *Ossessione*».

«Ma non è una questione di date, dai, Zavattini lavorava con De Sica, non con Visconti».

«Ma cosa stai dicendo? E *Bellissima* allora? Parli, come al solito, tanto per parlare».

Alla fine si erano entrambi innamorati del neorealismo e di alcuni autori contemporanei che trafugavano dalla libreria della zia prof lasciando enormi buchi come quelli delle bombe di *Roma città aperta*. Lei faceva finta di arrabbiarsi ma sotto gli occhialetti tondi nascondeva occhi soddisfatti. Gli stessi che aveva Alberto. «Verdi come la speranza, luminosi come i prati baciati dal sole» diceva la donna ogni volta che glieli guardava, e cominciava a descriverlo come il ragazzo più bello sulla faccia della Terra. Quegli occhi, anche dopo tanto tempo, erano rimasti gli stessi.

Alberto aveva immaginato ripetutamente il giorno di quel loro incontro, ma se n'era pentito ogni volta. Perché ci pensava ancora?

Margherita si avvicinò al bancone e chiese un caffè, lui prese la sua tazzina e andò a sedersi a un tavolino poco distante.

«Mi metto lì, ti aspetto» le disse. Margherita capì che era solo, senza moglie e figli. E dopo pochi secondi lo raggiunse.

«Allora, com'è?»

«Com'è cosa?» rispose lei mentre apriva una bustina di zucchero.

«Fare la scrittrice, sentirsi realizzati, fare quello che si è sempre sognato. Com'è?»

Ma davanti a lui Margherita si sentiva nuda, la recita non aveva più senso.

«Alberto, faccio l'insegnante precaria da anni e l'ultimo libro scritto risale a secoli fa» confessò versando lo zucchero e girando il caffè con il cucchiaino. Ma lui era rimasto fermo alla prima parola, al suo nome pronunciato dalla bocca di Margherita. Gli era sembrato al tempo stesso così strano e familiare che non era riuscito ad andare oltre: Alberto e basta. Il resto della frase non l'aveva proprio sentito.

«Ci sei?» disse lei dopo qualche secondo di silenzio. «Ehi» aggiunse ancora.

«Sì, scusa, mi ero distratto. Dicevi?»

«Faccio l'insegnante precaria e l'ultimo libro l'ho scritto sei anni fa» disse Margherita portando la tazzina alle labbra e sentendosi all'improvviso liberata da un peso. «L'hai letto?»

«No».

«Davvero?»

«Sì, davvero» rispose lui.

«Non volevo più vedere il tuo nome neanche stampato su una copertina».

Margherita finì di bere il fondo del caffè e deglutì. «Hai ragione» disse interrompendo il brusco silenzio che li aveva investiti dopo l'ultima frase.

«Perché?» le chiese quando finalmente alzò gli occhi.

Troppo tempo perso senza parlarsi, senza spiegare quell'addio, la partenza verso Roma senza un saluto, le telefonate senza risposta nei giorni e negli anni a seguire. Ad Alberto era sembrato di impazzire. Aveva vagato per Collina come un matto, appostandosi sotto casa di Angela, l'unica persona che poteva aiutarlo a mettersi in contatto con Margherita. Ma l'amica non l'aveva fatto, aveva onorato la promessa.

«Giurami che non gli dirai mai dove sono».

«Lo giuro».

Ma nonostante fossero passati anni e i sentimenti dovevano per forza essersi intiepiditi, Margherita non aveva ancora il coraggio di parlare. Tutto sapeva ancora di cenere e fuoco, persino le parole bruciavano nello stomaco e rimanevano sospese in aria.

Così, proprio come quando avevano iniziato a corteggiarsi al liceo scambiandosi bigliettini, prese un tovagliolo di carta e una penna e gli scrisse un messaggio.

'Alle 18:00 in via Speroni, 7. Citofono Rossi'.

«È casa di Angela» fu tutto ciò che le uscì dalle labbra.

Lui prese il foglietto, lo chiuse facendolo diventare un quadratino e ci giocò un po' con le mani aspettando che Margherita aggiungesse altro. Invece niente, rimasero a guardarsi in silenzio.

«Siamo qui, parlami ora» le disse.

Ma Margherita continuò a stare zitta.

Lui allora mise il foglietto nella tasca dei jeans, si alzò e se ne andò. Lei rimase lì a morire di vergogna.

Capitolo 11

«Tu sei Margherita?»

Quella mattina si era svegliata presto per andare al cimitero approfittando della frescura di Collina che resisteva alla canicola d'agosto almeno fino alle otto. Aveva lavato i denti in un gesto meccanico e sbrigativo, si era tolta il pigiama, si era vestita. Prima di uscire aveva dato un'occhiata al panorama che si vedeva dalla finestra della sua camera: le sfumature rosa dell'alba riflettevano sull'acciaio delle pale eoliche del campo di Tarallo. Poi aveva infilato le scarpe da ginnastica, aveva messo la moka sul fuoco, sentito il borbottio della macchinetta, si era versata il caffè e infine aveva preso la borsa con il suo mazzo di chiavi.

'Sto andando da nonna, a che ora partite?' aveva scritto sul residuo di uno scontrino lasciato sul piano della credenza, di fianco al portafrutta con i limoni e le mele. Aveva fatto le scale di corsa come ai tempi del liceo, poi aveva preso a camminare per strada, con il vecchio walkman per compagno, mentre qualche vicino di casa mattiniero cominciava ad aprire gli scuri.

Come as you are, as you were,
As I want you to be

As a friend, as a friend, as an old enemy.
Take your time, hurry up
The choice is yours, don't be late.
Take a rest, as a friend, as an old memory
memory, memory, memory

Mentre le città in agosto si spopolavano diventando piatte e silenziose, a Collina era tutto il contrario: le vie si riempivano di auto e pedoni distratti, le case riprendevano a vivere con i loro viavai, il vento riportava persone e voci un tempo familiari.

Margherita era quasi arrivata al cimitero, aveva imboccato via Ruggero Grieco con il viale alberato, dopo l'insegna dell'alimentari 'Da Carla', con le macchine parcheggiate a spina di pesce. Dave Grohl aveva iniziato a rullare.

And I swear that I don't have a gun
No I don't have a gun, no I don't have a gun
memory, memory, memory, memory
And I swear that I don't have a gun
No I don't have a gun, no I don't have a gun

I lavori del sindaco Bucci erano riusciti a dare un tocco kitsch anche alle tombe: di fianco all'ala vecchia dove avevano seppellito la nonna, se n'era aggiunta un'altra tutta nuova in cui le cappelle avevano lasciato il posto a delle piccole piramidi in pietra leccese.

All'ingresso Ninuccio stava armeggiando nel suo stanzino con un tagliaunghie di acciaio, che quando arrivò Margherita non tentò neanche di nascondere. Era seduto su una sedia di legno, dietro a un tavolo che sarebbe stato troppo fantasioso definire una scrivania.

«Buongiorno» disse Margherita con un tono di voce troppo alto che lo fece sobbalzare. Lui ricambiò con un gesto della mano, lei tolse le cuffie e spense il walkman. I morti meritano rispetto, diceva sempre suo padre quando lei gli arrivava alle ginocchia ed entravano lì mano nella mano. Generalmente era il primo di novembre e mentre camminavano Margherita se ne stava in silenzio a osservare l'umidità verdognola colare piano dai muri, con le facce in bianco e nero nelle foto ovali, i fiori appassiti di quei morti, morti da talmente tanto tempo che nessuno li piangeva più. Alcuni avevano il posto in alto, che per arrivare a salutarli dovevi arrampicarti su una scaletta piccola e pericolosa. Altri riposavano in comodi salottini di marmo e fiori freschi. Ma c'erano pure quelli a cui avevano staccato la corrente, con i lumini strappati dai fili. La piramide sociale esisteva pure sottoterra.

Le frasi sulle lapidi la incuriosivano da sempre. Camminando si fermò a leggerne qualcuna:

Quello che siete fummo, quello che siamo sarete

Serenamente si addormentò nel Signore, dopo una vita interamente dedicata alla famiglia e al lavoro. Moglie e madre esemplare lascia al marito e ai figli un'eredità di fede e di amore

Sopravviva la sua immagine alla memoria di quanti l'ebbero caro

Dal nobile olocausto dell'amato consorte seppe trarre costanza di virtù. Il retaggio di una vita esemplare conforta il dolore dei famigliari che qui posero

Mamma, non sono nato per la terra... Ti aspetto felice in cielo

E poi, quando mancava un centinaio di metri alla sepoltura della nonna, vide un'ombra pregare. Avvicinandosi cercò di capire se stesse pregando proprio davanti a quella, e più avanzava e più le sembrava di riconoscere una sagoma corpulenta quasi familiare. Non si sbagliava: era di nuovo lui, lo sconosciuto del funerale. Armeggiava con un vaso pieno di margherite gialle e puliva con uno straccio la foto ovale della nonna. Ne avevano scelta una a colori, con il suo sguardo rivolto verso il mare. Erano a Marina di San Nicola, sul litorale romano, e festeggiavano il compleanno di Margherita, tutti insieme: lei, i signori Lolli, Luisa, Stefano. La nonna aveva ancora il viso tondo e gli occhi vispi di chi assapora la vita con gusto.

L'uomo lucidava il marmo con una cura maniacale, dall'alto verso il basso, fin negli angoli dove lo sporco si stava già depositando. D'istinto Margherita rallentò il passo, voleva osservarlo senza che lui si accorgesse della sua presenza. E invece: «Tu sei Margherita?»

La borsa le cadde a terra. Rotolarono sull'asfalto le chiavi di casa, i fazzolettini, il walkman e una copia ingiallita de *La luna e i falò*. Lo sconosciuto era girato di schiena ma chissà come si era accorto del suo arrivo. Poi si voltò e, guardando il libro per terra, iniziò a parlare.

«'Verrà la morte e avrà i tuoi occhi. Questa morte che ci accompagna dal mattino alla sera, insonne, sorda, come un vecchio rimorso o un vizio assurdo. Sarà come smettere un vizio, come vedere nello specchio riemergere un viso morto, come ascoltare un labbro chiuso...' Si fanno ancora imparare le poesie a memoria?» chiese lo sconosciuto. Strizzava l'occhio sinistro, accecato dal sole che iniziava piano piano ad alzarsi e spuntava proprio dalle spalle di Margherita.

«Dipende dagli insegnanti» rispose lei accucciata a terra, mentre rimetteva nella borsa tutto quello che le era scivolato.

«E tu che insegnante sei?»

Si guardò attorno nell'istinto di cercare qualcuno, ma l'unica traccia di una presenza umana era il rumore di un tagliaerba in lontananza. All'improvviso si sentì vulnerabile, sola di fronte a un uomo che sapeva molte cose di lei, uno sconosciuto che sembrava seguirla ovunque, forse la pedinava da giorni, cosa voleva?

«Sei esattamente come ti descriveva tua nonna» aggiunse lui, «hai il viso tondo, gli occhi verdi come i suoi, e una specie di broncio che ti fa sembrare sempre arrabbiata».

«Chi sei?» chiese finalmente Margherita.

Ma lui pareva non ascoltarla.

«Mi ha scritto di te in maniera così dettagliata che è come se ti conoscessi da sempre, da quando sei nata, da quando ti mettevano nella culla e piangevi perché non volevi dormire».

«Chi sei?» insistette, nervosa.

«So tutto».

«E io invece non so niente. È dal funerale che ti incontro: prima a casa, poi in piazza, ora qui. Mi stai seguendo?»

Di nuovo si guardò intorno, e di nuovo trovò il deserto.

«Il giorno del funerale non sono riuscito nemmeno a farti le condoglianze, ho pensato...»

«Come conoscevi mia nonna? Eravate amanti?»

L'uomo si alzò di scatto e piano piano raccolse le sue cose: un paio di forbici per tagliare i fiori, qualche strac-

cio, un secchio con dell'acqua sporca. Mise tutto dentro.
«Quando viveva ancora qui...» balbettò.

«Ma quando, di preciso?»

Smise di risponderle e se ne andò trascinando la gamba sinistra come se si portasse dietro un peso invisibile. La irrigidiva per non piegarla e questo rallentava di un bel po' il suo incedere verso il cancello, che si intravedeva alla fine del viale alberato.

Margherita accennò ad andargli dietro, ma vide che scuoteva la testa e bisbigliava a bassa voce frasi indecifrabili. Così lo lasciò andare, ma continuò a osservarlo di spalle fino a che non diventò un puntino scuro in lontananza. Poi tornò verso la tomba attraversando il silenzio del campo santo, a ogni passo una domanda: chi era quell'uomo e cosa voleva da lei? Perché continuava a seguirla? Perché era venuto al funerale? Perché si interessava tanto a lei?

Cominciò a grattarsi lo sterno con la punta delle dita mentre si riavvicinava alla foto di Marina di San Nicola e i pensieri si moltiplicavano diventando una valanga impossibile da arginare.

Si mise a sedere su un gradino e fece quello che aveva imparato tanto tempo prima, quando con i signori Lolli si era trasferita a Roma e aveva cercato conforto nella lettura. Le risposte importanti le aveva sempre trovate lì dentro, o almeno così le piaceva credere.

Rovistò nella borsa, finché ritrovò il libro e lo aprì.

C'è una ragione perché sono tornato in questo paese...

Capitolo 12

La festa della Madonna era da poco finita e aveva lasciato a Margherita, esattamente come ricordava, un sapore amaro in bocca: le luminarie erano state smontate, le auto erano diminuite, l'area pedonale non esisteva più. I *ciao nè*, i forestieri che arrivavano in paese per le vacanze, se n'erano tornati nelle loro città e anche i Lolli erano rientrati a Roma lasciando la casa immersa in un discreto silenzio. Nessun battibecco in cucina, nessun lavoretto di manutenzione del signor Lolli, spariti i dialoghi con il televisore alla maniera della nonna. Era un'abitudine di casa, quella di parlare alla tv come se potesse rispondere. La signora Lolli lo faceva generalmente lamentandosi con il telegiornale. Qualunque notizia dessero che riguardava la politica, lei borbottava ad alta voce dell'Italia e *delle tasse che aumentavano, dei soldi che se magnano, perché tanto er mejo c'ha la rogna, basta che poi chiedono i sordi a 'nnoi.*

Nonna Carmela invece si dondolava su una sedia in vimini vicino alla finestra e parlava con i protagonisti dei film.

Hai fatto bene!

E smettila di piangerti addosso...

L'ha lasciata così?

Alla tv davano *Come eravamo* e un temporale agostano aveva bloccato le frenetiche attività di Margherita. Lei era seduta a terra, con le gambe incrociate e ogni tanto sentiva qualche commento ad alta voce. La nonna aveva una penna e dei fogli in mano ma non era riuscita a non sbirciare, di tanto in tanto, il televisore a colori da dove spuntava il cespuglio di capelli di Barbra Streisand.

Il padre di Margherita era l'unico che si sottraeva a quel rito di famiglia e la maggior parte delle volte se ne lamentava perché non riusciva mai a capire le notizie del Tg. La prima volta che Alberto entrò nella casa di Collina, i Lolli stavano inscenando uno di quei soliti siparietti catodici.

«Poverina, guarda la macchina accartocciata».

«*E statt cett*, mi fai sentire?» protestò il signor Lolli.

«Secondo me è morta, quell'auto è una scatoletta di tonno. Certo, che vita sfortunata. Ma che ci faceva a Parigi Lady D?»

«*Nan se capesc nodd*».

Margherita si imbarazzò, Alberto le accarezzò la guancia facendola arrossire.

C'era stata subito sintonia tra loro, quella di chi sta insieme da tanto tempo e sa prevedere le azioni dell'altro, i gesti, le risposte, le reazioni. Si erano conosciuti a scuola da qualche mese, quando era partita una corrispondenza di sguardi e bigliettini d'amore. Se li lasciavano sui motorini dopo le lezioni, incastrati tra il parabrezza e il manubrio.

Del bigliettino consegnato al bar invece, Margherita si era pentita subito dopo e continuò a pensarci nei giorni a seguire, quando rimase da sola e osservava i cambiamenti in corso in paese come piccole grandi rivoluzioni: l'Andromeda di Peppino che diventava multisala, il rinvenimento di un sito neolitico che risaliva a ottomila anni prima ma che rischiava di diventare una discarica 'con annessi impianti di trattamento dei rifiuti', il comitato NOdiscarica che minacciava guerra all'amministrazione comunale. Una storia che andava avanti da una decina d'anni tra sequestri, faldoni spariti, rischi idrologici e interrogazioni parlamentari. Così almeno aveva letto Margherita sui manifesti affissi sul corso all'altezza di via Cavour, accanto a quelli del cinema, i cui lavori avevano bloccato tutta la strada che costeggiava il corso.

«Vuoi un passaggio, bella bionda?»

Si girò verso la strada e vide Angela accostare, con le quattro frecce lampeggianti, la sua Ypsilon grigia mezza scassata del '98. La stessa macchina con cui avevano fatto il loro primo viaggio insieme a Gallipoli.

«Sei tu?» chiese Margherita appena la riconobbe.

«No grazie, sto andando al cimitero» aggiunse.

«Allegria».

«Sto andando a trovare nonna» si giustificò. «E poi sto cercando un tizio».

«Com'è? Carino?» scherzò Angela.

«Un po' vecchio per i miei gusti» sorrise di rimando.

«Chi è?»

Margherita a quel punto si avvicinò al finestrino aperto.

«Un tipo che dal giorno del funerale vedo dappertutto».

«Ma chi?»

«Non lo so, non lo conosco».

«E descrivimelo».

«È un po' robusto, fuma sempre».

«Va in giro con un bastone?» chiese Angela.

«L'ho visto zoppicare ma mai con un bastone» rispose Margherita.

«Stai cercando *U pacc*?»

«Non lo so se è pazzo...»

«Va in giro avanti e indietro senza motivo, a piedi e spesso con un bastone. Ha una gamba più corta dell'altra?»

«Boh, ripeto, io l'ho visto zoppicare ma mai con un bastone. E che sai di lui?»

«Ma niente...»

Margherita si stranì: a Collina, un *niente* riferito alle persone e alla loro storia era praticamente impossibile.

«Come niente?»

«È stato chiuso dalle suore per una vita, non è mai uscito da là per un'eternità. Poi una decina di anni fa è comparso in paese e ha cominciato a camminare avanti e indietro».

«E perché?»

«E boh, è pazzo. Dev'essere stato così tanto tempo dalle monache che ora che è uscito vuole recuperare il tempo perso. Ma perché ti interessa?»

A quel punto fu Margherita a riempire quel *niente* di bugie.

«Sto cercando qualcuno che porti i fiori freschi alla nonna».

«Tipo?»

«Tipo che quando me ne vado la tomba resta sempre pulita e in ordine».

«Ti aiuto io a trovare qualcuno. Ma lo vuoi o no 'sto passaggio? Andiamo a prenderci un caffè. Ti devo davvero convincere?» aggiunse appena notò l'indecisione di Margherita.

«Ah, devo ridarti queste» rispose lei frugando nella borsa dopo essere salita in macchina.

«Cosa?»

«Le chiavi di casa tua, tieni».
«Ma è venuto?»
«Alberto? No».

L'appartamento di Angela era stato arredato con uno stile che non era il suo. Più che la casa di una trentenne, sembrava quella di un'anziana signora dai gusti un po' pacchiani: la carta da parati a righe, i mobili dipinti a mano con i fiori, le tende kitsch, la cucina color legno, tutto parlava una lingua completamente diversa dalla sua. Le poche foto incorniciate erano di paesaggi e tramonti in stile Harmony, nessuna di lei con Michele, nessun segno di vita sotto i sessant'anni se non il disordine della camera da letto invasa da valigie, buste e scatoloni ancora da svuotare.

Il pomeriggio in attesa di Alberto, Margherita lo aveva passato in compagnia di un'Angela che non conosceva. La stessa che nel bagno del pub aveva tirato fuori quella bustina bianca.

Margherita continuò ad aspettarlo per tutto il pomeriggio facendo su e giù nel corridoio di quella casa fino a quando, dopo due ore, le fu ormai chiaro che non sarebbe arrivato mai.

«Ma cos'hai? Ti vedo strana, più imbronciata del solito» chiese Angela in auto.

«Sono preoccupata».

«Per cosa?»

«Per te».

«Sei impazzita?» disse svoltando all'improvviso su corso Umberto. Le auto dietro reagirono con un colpo di clacson.

«Eh Gesù, sì ho capito, ho dimenticato le frecce» protestò. Poi si rivolse di nuovo a Margherita: «Sei preoccupata per cosa?».

«C'è un posto lì».

«Dove?»

«Proprio davanti al bar».

Lo indicò con il braccio.

«Ah sì, eccolo».

Angela si avvicinò al parcheggio e cominciò a girare il volante per fare manovra. Appena finito, tirò il freno a mano, sfilò la chiave e prese la felpa dal sedile posteriore. L'aria in quei giorni stava rinfrescando, il meteo aveva previsto un brusco calo delle temperature che iniziava a sentirsi anche a Collina, dove finalmente la notte si dormiva bene.

Appena scesa dall'auto, Angela annodò le maniche della felpa intorno ai fianchi. Poi allungò all'amica una sigaretta già pronta, tirata fuori da un vecchio pacchetto di Marlboro Lights.

«Fai la scorta?» chiese Margherita accendendola.

«Sì, quando sono a casa» rispose Angela sfiorando la sua collana di perline. «Carina, questa. L'hai presa qui?»

«Alle bancarelle della festa». Dalla bocca le uscì una nuvola di fumo.

«Allora? Perché sei preoccupata? Sputa il rospo» disse Angela.

«Ne parliamo dentro».

Finirono di fumare sulla porta, poi buttarono le cicche a terra ed entrarono, sedendosi vicino al bancone.

«Prima però devo fare la pipì» disse Margherita.

«Vengo anch'io!» E Angela la seguì al volo.

«Ti blocco la porta, è rotta».

«Ok».

Il bagno era un piccolo stanzino diviso in due da un

muretto bianco: da un lato c'era il lavandino, dall'altro il water. Margherita si sbottonò i jeans e abbassò la cerniera. Dallo specchio posizionato proprio di fronte intravedeva, attraverso uno spiraglio della porta, Angela che la bloccava con la schiena e rovistava nella propria borsa. Tirò fuori prima il cellulare, poi un pacchetto di fazzolettini e infine una bustina bianca.

«Ancora?» sbottò Margherita, e urlò a tal punto che nello spazio chiuso del bagno, dove l'unico rumore era quello della pipì che scendeva nel water, l'altra si spaventò e fece cadere tutto a terra, borsa, pacchetto, sigarette e telefono.

«Oh ma sei impazzita?» attaccò ancora, mentre si rialzava i jeans e chiudeva la cerniera.

«Pazza io?» disse Angela. «Ahhh... è per questo che sei tornata? Per gridarmi contro?» chiese mentre raccoglieva tutto da terra.

«Ma ti rendi conto? E sono appena le sei. Le sei!» Margherita aprì il rubinetto del lavandino per lavarsi le mani, ma tanta era la foga che sembrava volesse buttarci Angela nel lavandino, dalla testa ai piedi.

«Era il pacchetto di cartine, deficiente!» urlò. E infuriata aprì la porta piantandola lì da sola, con le mani insaponate.

«Due caffè» chiese Margherita quando la raggiunse al bancone.

«Un caffè e un Negroni, Toni» corresse Angela rivolgendosi al cugino barista, che stava fisso al telefono e ogni tanto sollevava lo sguardo perplesso quando le sentiva alzare la voce.

«Adesso ho capito perché sei preoccupata... Vuoi farmi la morale?»

Margherita si rese conto che era il caso di abbassare la

voce. «Ti metti a sniffare nel cesso di un pub, come una tossica, e mi dici anche che voglio farti la morale?»

«Calmati, per cortesia, non sputtanarmi così» sibilò. «Andiamo a sederci là» e con il mento indicò il fondo della stanza. «E comunque» aggiunse poi, «sono cazzi miei».

«E certo, continuerai fino a sessant'anni, vero?»

«A fare cosa?»

«A sforzarti di trovare sempre un modo per rovinarti la vita. Quello che è successo ai tuoi non è colpa tua, eri una ragazzina, lo vuoi capire?»

L'aveva sempre fatto. Al liceo, quando ce l'aveva messa tutta per diventare la pecora nera della classe, e aveva preso a frequentare un tizio che alzava spesso le mani. E anche dopo, all'università, quando aveva trascinato gli studi in Economia per anni, fino all'abbandono per un esame di statistica sbagliato tre volte. Li odiava, i suoi genitori. Erano due medici, oncologi con esperienze internazionali arrivate fino a Boston, avevano la mente aperta e una casa che odorava di tappeti persiani. Avevano un salone con pareti di libri invase da enciclopedie di medicina, autori francesi, americani, argentini, tutti in ordine alfabetico come in quelle grandi biblioteche che Margherita avrebbe avuto modo di frequentare solo in città. E Angela li odiava.

«Che c'entrano i miei? E che ne sai tu? Te ne sei stata a Roma, lontana centinaia di chilometri, senza alzare una volta il telefono in tutti questi anni. E poi arrivi all'improvviso e vieni a spiegarmi come devo vivere, a fare la professoressa...»

«Ma...»

«Ma cosa? Che ne sai di chi sono oggi? Della fatica che ho fatto a restare qui, a trovare un lavoro, a far finta di avere una vita felice? E ora pensi di avere il diritto di stare qui con il ditino alzato a sparare a zero su tutto?»

«È questo che pensi?» chiese Margherita sulla difensiva, abbassando la voce.

«Sì, esattamente questo».

«Be', allora...»

«Allora hai rotto le palle, devi smetterla! E poi» aggiunse Angela, pronta ad affondare il colpo, «proprio tu parli di morale? Tu, che dopo tutto questo tempo cerchi ancora il tuo ex perché non hai avuto il coraggio di dirgli che hai abortito un figlio suo?» disse quasi urlando.

E fu come uno strappo, un cerotto tirato via troppo presto con troppa forza, troppo vigore. La crosta saltò portandosi dietro la pelle, il sangue, tutti i silenzi di quegli anni, le risposte di maniera degli ultimi giorni.

Alberto era appena entrato nel bar.

1998

«Dai, muoviti, devi fare la pipì su questa striscia».

«E che ne sai? L'hai già fatto?»

«Sì, muoviti».

«Ma quando? E perché non so niente?»

«Cose vecchie».

Entrarono in bagno insieme e, mentre una faceva la pipì, l'altra per sicurezza controllava il foglio con le istruzioni. Margherita sulle piastrelle del pavimento vedeva già il suo futuro spezzato, niente università, niente Roma, niente futuro professionale brillante e lontano da Collina, ma quei pensieri clandestini li tenne per sé. Le due strisce erano il bivio che stava prendendo la sua vita.

«Ecco, è come ricordavo: se compaiono due righe blu sei incinta. Se ne compare una, no».

«Ma allora anche tu...»

«Sì, anche io».

Il ritardo era ormai di venti giorni. Mancavano cinque mesi al trasferimento a Roma, e Margherita non riusciva più a dormire a pancia in giù per il seno duro. Aveva due sassi sul petto, se li guardava allo specchio come corpi estranei, rocce in uno stagno.

«Fatto, ora quanto ci vuole?»

«Pochi minuti credo, lasciamolo qui sulla finestra e fumiamoci una sigaretta».

Fu l'ultimo giorno che vissero da adolescenti. Un mese dopo, Angela prese l'aereo per raggiungere l'amica a Roma e accompagnarla ad abortire. Lei era l'unica a saperlo. Ai genitori raccontò che andava a Bari per l'iscrizione all'università, e in effetti la mattina presto prese il treno locale che da Collina passava per Trani, scendeva verso Bisceglie e Molfetta per poi arrivare nel capoluogo. I soldi per il biglietto li aveva rubati dal portafogli che il padre lasciava sempre poggiato sulla credenza del soggiorno, vicino alle tazze da tè. Ma giunta in stazione si diresse verso l'aeroporto, destinazione Fiumicino.

«Tutto bene?» aveva domandato arrivando trafelata nella camera d'ospedale.

Margherita si era girata dall'altra parte del letto.

«Sì, hai ragione, ho fatto una domanda del cazzo».

Ma Margherita non le dava le spalle per quel motivo. La sua non era stata una scelta difficile, solo l'unica possibile, eppure persino Angela non la capiva. Persino la persona che più la conosceva, quella che aveva meno pregiudizi, l'amica inseparabile, era legata a filo doppio alla retorica dell'aborto. Doveva essere sofferenza, dolore, vite irrimediabilmente compromesse, senso di colpa, fine pena mai. Margherita invece quel senso di colpa non lo provava, e quello che la faceva star male, che la faceva voltare dall'altra parte, era la solitudine. Si sentiva sola, incompresa, diversa, ammutolita.

L'amica le aveva tolto la coperta che aveva ai piedi, lasciandole sul letto solo il lenzuolo fresco. Era settembre, l'aria cominciava a pizzicare un po', ma faceva ancora caldo. Nella stanza erano sole, «sarà un day hospital» avevano spiegato a Margherita che non aveva voluto sapere nient'altro. Angela l'aveva accompagnata a fare le analisi pre-ricovero, era con lei ai colloqui con lo psicologo ed era con lei in quella stanza del San Camillo.

Presto era tutto finito: il 'feto', così lo chiamavano i medici, non c'era più, l'intervento era andato bene. Mentre Angela apri-

va l'armadio per mettere via la coperta, alla tv passavano le immagini in bianco e nero di Lucio Battisti, scomparso quella stessa mattina a Milano. Aveva preso il telecomando per alzare il volume assecondando l'istinto, poi si era guardata intorno, aveva notato l'amica con gli occhi chiusi e lo aveva rimesso sul comodino.

Margherita era stanca, pallida, la luce al neon bianca le si era infilata nelle pupille tutto il giorno come un ago appuntito. Aveva fissato il soffitto mentre l'infermiera la trasportava sulla barella: i pannelli bianchi si susseguivano uno dopo l'altro e ogni tanto il pavimento vecchio e rattoppato dell'ospedale faceva saltellare il lettino. Una volta arrivata in sala operatoria, aveva visto il volto della dottoressa: aveva più o meno il doppio della sua età e un paio di occhiali tondi e spessi che le riempivano lo sguardo e si appannavano appena iniziava a parlare.

«Dura poco» aveva detto alzando la mascherina.

Margherita aveva annuito, poi per tutto il tempo aveva tenuto gli occhi fissi sulla lampada sopra di lei, che illuminava il telo verde insieme al suo corpo, il seno, la vita e i medici sopra il suo grembo pieno.

Quel bambino non sarebbe cresciuto nel nuovo millennio, non avrebbe avuto i suoi occhi verdi e le fossette sulle guance e nemmeno il suo broncio da ragazzina, le sue gambe storte. Lei e Alberto non sarebbero stati i genitori che avrebbero voluto per sé: giovani, vigorosi, pieni di vita e voglia di fare. Permissivi al punto giusto, severi quando ce ne sarebbe stato bisogno, mai vecchi: quel bambino era appena non nato.

Quattro mesi dopo Margherita si era trasferita a Roma senza rivedere Alberto; aveva deciso tutto da sola.

«Ieri sera è venuto a casa mia» aveva detto Angela quando l'amica si era svegliata. «Ha continuato a suonare il citofono fino a quando non sono andata ad aprirgli».

«E i tuoi?»

«A Foggia per un convegno. Senti, Margherita, io non lo so se ti rendi conto di quello che stai facendo».

«Ti prego, non ricominciare».

«Lo dico per te, guarda che poi te ne penti. Devi dirglielo».

«Ho deciso, ne abbiamo già parlato».

«Ma ieri Alberto era disperato. Non riusciva a capire perché lo eviti, dice che ha provato a chiamarti cento volte. Io non sapevo più cosa rispondergli».

«Non gli hai detto niente, vero?»

«No, niente, ma mi chiedo per quanto tempo riuscirai a reggere questo peso».

«Angela, per favore, non ricominciare. Non oggi» aveva detto Margherita, girandosi di nuovo dall'altra parte.

Se c'era una cosa di lei che Angela non sopportava, era proprio quella: l'ostinazione che si traduceva spesso in mancanza di confronto. Ma era fatta così e aveva imparato ad accettarlo da moltissimo tempo.

Angela si era seduta, in silenzio, vicino al letto. Poi si era alzata per sistemare lo zaino di Margherita, mettere a posto i fazzolettini, l'asciugamano, ed era andata in bagno per prendere dentifricio e spazzolino.

«Quand'è che ti dimettono?»

«È la preferita di mamma» aveva detto Margherita, anziché rispondere, guardando Rai Uno che mandava in onda le immagini di repertorio di Battisti che cantava La canzone del sole.

«Ai tuoi cos'hai detto?» chiese Angela.

«Come te, che dovevo venire per l'università».

«Ti ricordi?»

«Cosa?»

«Quando la cantavamo in spiaggia, con la chitarra. Io, tu, Alberto».

«Sì e tu che stonavi da morire».

«Non è vero».

«Sì, è verissimo».

«E quella volta che ci eravamo messe in testa di andare a vivere da sole?»

«Sì, con quali soldi poi boh».

«Avevamo preso quell'appartamento abbandonato della zia di Alberto».

«La zia prof».

«Ci eravamo messi a imbiancare, a sistemare i mobili».

«Sì, peccato che lei non sapesse niente».

«Vabbe', ma tanto era lontana. Se Alberto non avesse fatto la spia, stavamo ancora tutti lì, a vivere insieme e a fumarci le canne».

«Ma non ha fatto la spia! Il padre prese le chiavi di quella casa perché dovevano venderla e quando entrò per vedere in che stato fosse, ci trovò lì, in tenuta da imbianchini».

«Che pazzi».

«Sì, veramente».

«Presi tante di quelle botte».

«Tu? Ma che dici?»

«Giuro» aveva ribadito Angela senza guardarla.

«Sul serio?» aveva chiesto Margherita, alzandosi poco per volta dal letto.

«Che c'è? Non ci credi che lo stimato chirurgo Pierro a casa sua ha il vizietto dell'alcol e ogni tanto picchia sua figlia?»

«Ma che stai dicendo? Perché non mi hai mai raccontato niente?»

«Perché mi vergogno. Perché non ci credo neanch'io» aveva ammesso, «mi colpevolizzo, penso di meritarlo, ecco perché. Ti ricordi quella volta che mi sono presentata a scuola con quel livido sullo zigomo destro e ho detto che ero caduta dalle scale?»

«Sì, certo che mi ricordo».

«Be', era sempre lui».

«Non ci posso credere».

«Vedi? È questo che fate tutti. Credete che una spilletta, un trofeo, anni di studio e di buona reputazione, abiti eleganti e medaglie al petto siano sufficienti a rendere una persona per bene. Mio padre è un alcolizzato, io non so perché i miei stiano ancora insieme dopo anni che non si sopportano più, ma lui da tempo è diventato violento. Forse non sono la figlia che avrebbe voluto, non sono abbastanza brava, abbastanza intelligente, abbastanza come loro».

«Questo è impossibile Angela! Hai quasi vinto un certamen, a scuola sei pazzesca anche se ti stai impegnando a rovinare tutto, tua madre ti ama». Si era fermata per un istante a riflettere. «E lei? Tua madre?»

«Fa finta di non vedere».

«Non ci posso credere».

«Smettila. Smettila di dirlo» alzò la voce, rompendo quell'argine che da ore ormai Margherita stava cercando di contenere. «E tu cosa c'entri? Perché piangi, ora?»

«Piango per non aver capito» aveva detto Margherita, abbracciandola. «Piango per non essere stata lì» aveva aggiunto poggiando il viso sulla sua spalla. «Piango per questo cazzo di ospedale in cui non volevo entrare, piango per Alberto, per te, per non averti accarezzato il viso quando dovevo. Piango perché ho fatto questa scelta senza sentirmi in colpa e invece i vostri sguardi sono accusatori, piango per le nostre bugie. E invece noi no, ti prego».

«Cosa?»

«Dimmi tutto, dimmelo nel modo più vero che conosci. Anche se fa male, anche se spaventa, diciamoci sempre la verità. Me lo prometti?»

«Promesso».

Erano rimaste abbracciate ancora, fino a quando nella stanza un colpo di tosse aveva annunciato la presenza della dottoressa. Angela si era asciugata gli occhi e aveva preso il teleco-

mando per spegnere la tv, ma il telegiornale stava annunciando una notizia dell'ultim'ora.

'Un uomo di cinquantadue anni è stato rinvenuto cadavere questa mattina alla periferia di Foggia. Si tratta probabilmente di un agguato di stampo mafioso'.

«Può abbassare il volume?» aveva chiesto la dottoressa.

All'improvviso, nella stanza a fianco, le urla di una ragazza in travaglio avevano ricordato a Margherita e Angela il motivo per cui erano ancora in quella camera d'ospedale con le tapparelle aperte e una pala sul soffitto che continuava a girare velocemente.

«Come si sente?»

La pala girava, girava, girava veloce e sembrava che formasse un vortice in cui venivano risucchiate pure loro due.

«Deve stare a riposo» ripeteva la dottoressa. «Fare una cura antibiotica di una settimana».

Angela aveva alzato il volume della tv.

'Si tratta probabilmente di una vendetta di stampo mafioso, la vittima è un medico, un oncologo di Collina d'Oro, colluso e già sotto inchiesta. Si tratta di Angelo Pierro, cinquantadue anni, ripetiamo, ucciso poche ore fa a bordo della sua Audi, crivellata di colpi. Dalle prime informazioni arrivate in redazione, sarebbe riuscita a salvarsi la moglie che era con lui in auto, trasferita in codice rosso all'ospedale di Foggia. Riferiremo aggiornamenti nella prossima edizione del Tg'.

Capitolo 13

Margherita aveva immaginato quella scena tante volte: come gliel'avrebbe detto? Perché prima o poi gliel'avrebbe detto, vero? Un giorno lo saprà, sì, magari gliel'avrebbe scritto in una lettera:

'Che codarda sono stata, perdonami, non ce l'ho fatta e non ce la faccio neanche ora che ti scrivo e non posso vederti, non voglio guardare negli occhi la tua delusione e il tuo dolore che è anche il mio. Voglio dimenticarlo, per sempre'.

E invece in quindici anni mai nessuna lettera, nessuna telefonata, nessuna mail. E adesso erano lei, Angela, Alberto e la verità, spiattellata in quel bar.

Giorni prima, all'appuntamento, lui non era arrivato. Si era presentato sotto casa di Margherita, invece, quando i signori Lolli erano partiti e lei stava uscendo: se l'era trovato sull'ultima rampa di scale, vicino al portone.

«Il citofono non funziona».

«Doveva aggiustarlo mio padre. Si sarà dimenticato» aveva detto lei. «Pensavo di vederti ieri» aveva aggiunto, guardandolo negli occhi. «Lo sapevo che avevo fatto male a scriverti quel biglietto». E aveva accennato ad andarsene.

«No, aspetta...» aveva sussurrato Alberto tirandola per un braccio.

«Invece sì» aveva detto lei riprendendosi il braccio.

«Non hai fatto male. Anche io avrei voluto parlarti, ma Carlo, uno dei bambini, la mattina è caduto mentre giocava a pallone e si è rotto il braccio. Abbiamo passato la giornata al pronto soccorso, e non sapevo come avvisarti perché non mi hai lasciato il tuo numero».

Si erano guardati in silenzio, e anche se Margherita avrebbe voluto abbracciarlo, era rimasta lì ferma, davanti al portone, a fissarlo senza distogliere lo sguardo. Avrebbe voluto raccontargli di quegli anni trascorsi a pensare a loro, degli amori inutili in cui aveva cercato conforto, della collezione di relazioni insulse, di quella maledetta decisione presa da sola, di quel giorno orribile in cui le loro vite, quelle di Angela, Alberto e Margherita, erano cambiate per sempre.

Si era trattenuta, invece. Era passato troppo tempo, le loro strade si erano allontanate, avevano assaporato l'amarezza di sogni mai avverati, la delusione di non esser diventati come avrebbero voluto.

Era cambiato tutto, eppure lei quando si trovava di fronte a lui sentiva che non era cambiato niente. Erano gli stessi del garage, dei pomeriggi trascorsi a Lucera, dei sogni oltre i confini della provincia, quel bastardo posto che amavano e odiavano allo stesso tempo. Erano quelli che si avvolgevano l'un l'altro immaginandosi nella stessa identica posizione quindici anni dopo, quelli che si giuravano l'amore infinito delle poesie di Gibran. Oppure no?

Alberto le aveva accarezzato il viso con dolcezza e solo a quel punto lei si era abbandonata, affondando la faccia sul suo petto caldo. Aveva sentito il ritmo frenetico dei battiti, le pulsazioni del suo sesso le erano arrivate fino alla testa inondando il corpo di un calore che non aveva niente a che fare con i trenta gradi che c'erano all'ombra. Margherita sentiva i fremiti della carne partire dal ventre e arrivare fino alle tempie. Il suo respiro affannato si mescolava a quello di Alberto, e pensò che in un luogo chiuso e al riparo da occhi indiscreti sarebbero già stati l'uno dentro l'altra. Erano rimasti così per un po', immobili: non erano passati quindici anni, lui non era sposato, lei non aveva abortito, loro erano sempre Margherita e Alberto, Alberto e Margherita. Lei aveva sentito la sua bocca poggiarsi sul collo ormai sudato. Lui l'aveva annusata salendo piano piano fino alla clavicola, spostando con il naso la bretellina del reggiseno nero. Margherita gli aveva preso le mani e le aveva intrecciate alle sue come se non dovesse lasciarle mai più. Si erano annusati ancora, lei gli aveva toccato i capelli come se volesse tirarglieli, poi era arrivata con le labbra verso l'orecchio e si era fermata. Perché lui all'improvviso le aveva lasciato le mani.

«Non posso» disse soltanto. Ma le parole esprimevano il contrario delle sue azioni. Alberto le riprese le mani, gliele baciò, si avvicinò ancora al suo collo ma se ne allontanò di nuovo, andando via definitivamente e lasciandola lì, sola, davanti al portone.

Il cugino di Angela stava al bancone del bar, inchiodato al telefonino a chattare su WhatsApp. Non aveva neanche fatto il carico delle acque nel frigorifero, tanto era preso dal cellulare e da Giovanna, la ragazza per cui da due mesi aveva perso la testa. Su un lato della sala, il televisore appeso al muro era sintonizzato su Rtl, la radio stava passando *Ragazza magica* di Jovanotti. L'aria condizionata sfogliava le pagine dei giornali, rimasti immacolati su un tavolino: in risalto c'erano lo scandalo Volkswagen e le elezioni in Grecia. Le due amiche erano sedute più avanti, in fondo. Angela dava le spalle alla porta di ingresso e non si era resa conto di averla quasi urlata quella maledetta frase, presa dalla concitazione del battibecco. Si pentì appena notò l'espressione di Margherita, i suoi occhi riempirsi all'improvviso, lucidi e gonfi, come se le lacrime stessero lì lì per scoppiare. Pensò di avere semplicemente esagerato, poi, quando si accorse che l'amica guardava altrove, si voltò e vide Alberto.

«Non è come pensi...» si affrettò a dire, senza speranza di risultare convincente. Si alzò per fermarlo, ma in un attimo Alberto aveva percorso la breve distanza che li separava ed era già a pochi centimetri dalla faccia di Margherita.

«È per questo che te ne sei scappata a Roma?» urlò, strattonandola. «È per questo che non mi hai più voluto parlare?»

«...»

«Cazzo, non ci credo! È per questo che sei sparita? Per questo?» gridò ancora più forte, trascinando la 'o' fino a che non ebbe più fiato. La vena che aveva sulla fronte era così gonfia che sembrava stesse per esplodere.

Al cugino di Angela cadde il cellulare per terra. Lo schermo si frantumò in una ragnatela di crepe.

«Sì» riuscì a malapena a rispondere Margherita.

I secondi che seguirono furono un crescendo di toni. Di lacrime. E di urla, di spintoni, al punto che Angela e il cugino accorsero per fermare Alberto che, se avesse potuto, le avrebbe messo le mani al collo. Ci era quasi riuscito, tant'è che ruppe la collana di perline, che rotolarono una dietro l'altra spargendosi ovunque sul pavimento del bar.

Lui lo aveva scoperto così, e Margherita, tra i singhiozzi, fu capace di dire soltanto: «Perdonami».

Capitolo 14

Il viale del cimitero era come sempre silenzioso e assolato: un filo di vento muoveva le punte dei cipressi che, sistemati uno di fianco all'altro, sembravano ombrelloni chiusi in una spiaggia deserta. Le cicale erano assordanti. L'ingresso principale era chiuso per lavori, così c'era scritto su un cartello davanti al tavolo zoppo del custode su cui era mezzo steso, le braccia a tenere il capo chino. Ninuccio stava schiacciando un pisolino, il sole gli arrivava dritto in faccia. Margherita fu costretta a entrare dall'ingresso secondario, dalla parte delle piramidi in pietra leccese.

Dopo qualche giorno di tregua, a Collina aveva ripreso di nuovo a fare un caldo asfissiante e il marmo bianco delle tombe amplificava i raggi del sole rendendoli quasi abbaglianti. Fu a metà strada tra l'ala vecchia e quella nuova, mentre si dirigeva verso la tomba della nonna, che Margherita vide una cappella con il cognome di Alberto: Ravasi. Il cancelletto era chiuso, ma da fuori, da una piccola grata, intravedeva le tombe disposte una sopra l'altra su due pareti, a destra e a sinistra. Sotto, sistemati a terra in ordine sparso, diversi vasi con i fiori freschi. Al centro, di fronte a lei, una madonnina con le mani giunte, il viso rivolto verso l'alto. Su un lato Margherita riuscì a scorgere i nonni di Alberto: Maria e Alberto, proprio come lui. Sull'altro lato invece c'era una foto a colori che a differenza delle altre non era sbiadita. I raggi del sole filtravano e andavano a colpire direttamente il volto di quell'immagine ovale che sembrava ritrarre una signora anziana con gli occhialetti tondi e un foulard al collo. Margherita riconobbe quel dettaglio, i colori vivaci: non c'era mai stato viaggio da cui la zia prof non fosse tornata con qualche pashmina o scialle, che metteva in ogni occasione. «Per nascondere l'età» diceva «basta coprire il collo». Margherita si ricordò anche l'armadio a specchio dove stipava la sua collezione di sciarpe e foulard di cotone, seta, lino, taffetà.

Posò le dita sulla maniglia e provò ad aprire il cancelletto della cappella, inutilmente. Guardò dentro un vaso vuoto all'ingresso, per vedere se le chiavi fossero nascoste lì, ma c'erano solo foglie secche e un ragno che era riuscito a tessere una spessa ragnatela che partiva dal fondo e saliva su fino alla bocca del vaso.

Tornò a guardare la foto: la zia prof aveva gli anni dei viaggi a Lucera e delle scarpinate sul monte Cornacchia dove, tra lembi di oliveti e frutteti, si lasciava andare a lunghi discorsi motivazionali per i suoi due ragazzi.

Dal lago Pescara, quando erano fortunati e il cielo era limpido, riuscivano a scorgere il golfo di Manfredonia e le isole Tremiti. In autunno, il lago si riempiva di foglie galleggianti, in primavera di ranuncolo acquatico, e la zia prof era sempre generosa di spiegazioni e racconti.

«Ma perché Pescara? Che c'entra?» aveva chiesto Margherita.

«Fu un errore di trascrizione. La gente lo chiamava Peschiera perché qua ci veniva a pescare».

«E poi?»

«Poi sbagliarono a scrivere il nome sulle cartine toponomastiche. O almeno così si racconta».

«E quella cos'è?»

«Quale, quella lì? È la via degli emigranti, come sono stati i vostri bisnonni prima di arrivare a Pontos, il mare aperto e inesplorato della vita. Quello che raggiungerete anche voi, una volta che lascerete Collina».

«Io non me ne andrò mai» aveva risposto Denis con la bocca piena.

Erano scoppiati tutti a ridere.

E sorrise anche al cimitero, Margherita, ripensando alla zia prof e a tutto quello che la legava a lei e a Denis, a quell'assurda mattina in cui si era svegliata nel letto dell'ex bambino obeso.

Riprese la strada per arrivare dalla nonna, e arrivata nei pressi della lapide vide di nuovo lo sconosciuto accucciato lì, per terra, che cercava di pulire una parte del pavimento in marmo da una grossa chiazza scura. Aveva un mazzo di chiavi appeso a un passante dei pantaloni e una camicia bianca con le maniche arrotolate con precisione. Di tanto in tanto si asciugava la fronte lucida con il palmo della mano. A voce bassa, canticchiava piano piano una canzone:

Cacca al diavolo e fiori a Gesù
Gesù, ti dico buon Gesù
E invece a te, belzebù, ti dico vaff…
Cacca al diavolo e fiori a Gesù

«Sei stato boy scout?» gli chiese Margherita sedendosi lì vicino.

Gesù, ti dico buon Gesù
E invece a te, satanone, ti dico sei un c…

Cacca al diavolo e fiori a Gesù
Gesù, ti dico buon Gesù
E invece a te, satanasso, ti dico testa di c…

Illuminata dal sole ormai alto, la macchia in faccia appariva ora più nitida: aveva una forma irregolare, tonda e gonfia.

Un rumore improvviso bloccò per un attimo il ritmo cadenzato di quella filastrocca: una cagnetta si muoveva goffa sul viale del cimitero. Era una bastardina dal pelo corto e spettinato, con la pancia rosa e le mammelle gonfie e arrossate dall'allattamento. Aveva visto un pettirosso e cercava di scattare in rincorsa per acchiapparlo, ma i suoi movimenti erano scarichi e poco atletici.

«Ti cercavo» disse Margherita all'improvviso.

«Sono lusingato» rispose lui e si tirò su in piedi con fatica aiutandosi con il bastone. Questa volta ce l'aveva.

«Come conoscevi nonna?» gli chiese, senza tanti preamboli. E si alzò anche lei, avvicinandosi per cercare di rassicurarlo.

L'uomo indietreggiò.

«Quando viveva ancora qui… da ragazzini frequentavamo la stessa scuola».

«Smettila con queste stronzate, è impossibile».

«Perché?» protestò lui, sorpreso da quel tono.

«Sei troppo giovane».

«Volevi farmi un complimento?» disse ridendo. E riprese a canticchiare camminando avanti e indietro.

Cacca al diavolo e fiori a Gesù

«O'e bbasta!»

Ninuccio, ormai sveglio e con la pelle cotta dal sole,

si stava dirigendo velocemente verso di loro. Margherita lo guardò arrivare mentre sbracciandosi faceva segno di no con le mani. Il passo era veloce, tanto che in pochi secondi superò la fontanella, la strada principale che divideva l'ala vecchia da quella nuova e arrivò da loro.

«Te l'ho detto cento volte! Ti sembra un posto in cui ti puoi mettere a cantare?» brontolò, togliendogli di mano tutta l'attrezzatura che stava usando per pulire il pavimento. «Eddai... come te lo devo far capire? Signori'» aggiunse guardando Margherita, «diteglielo pure voi, ogni giorno è la stessa storia».

«Ogni giorno?»

«Eh sì, ogni giorno. Mò» e prese gli ultimi stracci che l'altro aveva in mano, «*dai mè*, che è ora di chiudere, si è fatto mezzogiorno. Questi li tengo io. Vatti a riposare che poi con il caldo ti senti male a stare qua tutto il tempo».

«Tutto il tempo?» chiese Margherita, sempre più sorpresa.

«Sì signori', arriva alle nove e se non lo chiamo io all'ora di pranzo è capace che lo chiudo dentro». Poi se lo prese a braccetto e si allontanarono insieme, piano piano, verso lo stanzino di Ninuccio.

Margherita iniziò a seguirli, poi si rese conto di aver lasciato la sua borsa vicino al gradino e tornò indietro. Appena arrivata alla tomba, notò un foglio a righe che sporgeva tra i due vasi e la foto di Marina di San Nicola. Era piegato in due, ingiallito forse dal sole e con qualche macchia, come se l'acqua dei fiori l'avesse bagnato.

Lo sfilò e, aprendolo, riconobbe subito la grafia.

10 febbraio 1990

Era settembre e l'aria cominciava a essere più fresca, con quel sapore di vento e spighe. I contadini tornavano dai campi con le loro signore sedute sulla canna della bicicletta e ci salutavano da lontano scuotendo la mano. È difficile oggi immaginare Roma così, soprattutto nelle borgate dove vivevamo noi. Erano passati sedici anni da quel giorno d'estate in Puglia, quando mia madre stendeva i pomodori al sole. Io ne avevo quattordici, mi ero appena tagliata i capelli a caschetto. Si usavano così all'epoca. Non erano color miele come i tuoi, ma quasi. Iniziavo a seguire la moda, andavo a vedere la televisione al Gran Bar di piazza San Sebastiano e cercavo di guardare come si truccava la Cardinale, che trovavo bellissima. A casa nostra funzionava come in tutte le famiglie del Sud: i vestiti si tramandavano da sorella a sorella o, come nel mio caso, da cugina a cugina. E guai a ribellarsi. Se qualcosa non ti piaceva, non solo te la dovevi mettere lo stesso, ma dovevi pure stare zitta. Mi ricordo in particolare mia cugina Ines, che aveva due anni e due taglie in più di me. Mi passavano i suoi vestiti sformati e scoloriti. Uno in particolare è come se l'avessi ancora oggi tra le mani: era un abito rosso di cotone a maniche corte, di quelli che ti lasciano la pelle fresca quando la temperatura fuori è troppo alta. Sulla spalla destra aveva una scia di fiori colorati che arrivava fino alla fine della gonna. In effetti, ora che ci penso, era uno dei pochi vestiti di Ines che mettevo senza lamentarmi, anche se una volta chiusa la cerniera, sulla schiena, poteva entrarci una mano intera. Lo stringevamo in vita con un nastro bianco, recuperato pure quello chissà dove. Giusto per le scarpe riuscivo a togliermi qualche sfizio, quando con mamma si andava al mercato il sabato mattina. Era una festa, prima di tutto perché non andavo a scuola. Ma poi per i colori, gli odori per le strade, i contadini che venivano in paese per l'occasione e portavano in dono i beni più preziosi della loro terra. Tra le bancarelle c'era anche una signora che vendeva scarpe usate, si chiamava Lella. Aveva i capelli raccolti in un foulard nero da cui spuntavano due occhi lucenti come lapislazzuli. Mamma aveva il vizio del numero più grande: «Così ti entrano pure l'anno prossimo».

Finiva che me le stringevo con i lacci il più possibile, almeno non le perdevo. E l'anno dopo erano talmente sformate che dovevamo tornare di nuovo dalla signora Lella. All'epoca mia madre era la donna di servizio di una famiglia facoltosa di Collina, andava via la mattina all'alba e tornava a casa a pomeriggio inoltrato. D'inverno usciva prima ancora che io mi alzassi dal letto e mi sembrava un tradimento bello e buono. Come poteva scappare così senza neanche venire a salutarmi? Io a scuola ci andavo da sola, a piedi, ed ero pure contenta: mi sentivo grande, libera, fiera di poter camminare senza avere di fianco la presenza ingombrante di un adulto. Anche se le prime volte, a dirla tutta, mi accompagnava la nostra vicina. Poi però, dai sette anni, sempre sola con i libri legati con un giro doppio di spago. Lo so, l'idea dello spago ti fa sorridere, ma era proprio così. Ricordo le passeggiate nei caldi pomeriggi estivi a esplorare Collina con le amiche: le discese sui lastroni bianchi di marmo, le salite che cercavamo di conquistare come una terra nuova in cui riponevamo tutte le fantasie. La zona che ci affascinava di più era quella vecchia. Raccoglieva i resti di un castello normanno e questo bastava a farci immaginare un mondo fantastico di cavalli volanti. L'immaginazione, del resto, era la nostra migliore arma da gioco. Nella zona vecchia c'erano pure le case popolari e i genitori dei bambini, in particolare i miei, non volevano assolutamente che ci spingessimo fin là: oltre a un

burrone di quelli grossi e profondi, vicino a una fontana di marmo ormai in disuso, c'era pure un muraglione che dava sul vuoto senza protezioni, muri o reti. Nonostante le mille raccomandazioni era lì che andavamo sempre a finire, spinti a infrangere le regole dei grandi. Conoscevamo quel posto a memoria e non avevamo paura di niente. Su quel muraglione ci divertivamo a salire per urlare le frasi più strampalate, che con il rimbombo dell'eco partivano dalle nostre bocche, scendevano venti metri giù nella sterpaglia, si arrotolavano tra le acque del fiume Ofanto e poi ritornavano da noi. Sgonfie e deboli.
Quando mi sono trasferita a Roma mi mancava l'aria, mi mancavano i colori, gli angoli del mio paese, le facce, le mie compagne di scuola a cui non ho potuto neanche dire addio. Poi mi sono abituata a essere invisibile e a vivere in una città che non mi conosceva. Non potevo più restare giù, la gente mi osservava. Zia Gemma fece le valigie e mi spedì di corsa a Roma, lontano dal chiacchiericcio subdolo di chi non capiva. Dopo due anni e mezzo, accolta da un gruppo di suore di Torrevecchia, ho conosciuto tuo nonno. È sempre stato un uomo speciale. Posso dire che la mia vera vita è iniziata allora ed è per questo che ricordo bene quando io e lui ci siamo conosciuti. Tua madre mi ha sempre preso in giro quando ho provato a raccontarglielo, ma è come se fosse stato il mio secondo compleanno. Avevo un piccolo bouquet di tulipani rossi e ho scoperto solo anni dopo che il tulipano è il fiore dell'amore perfetto. Questi fiori nascondono una leggenda triste ma intensa. In Persia, tanto tempo fa, viveva un giovane di nome Shirin, amato alla follia da una splendida ragazza: Ferhad. La loro era una passione carnale e vivace, destinata a durare per sempre, ma un giorno Shirin fu costretto a partire in guerra. Era un onore per lui essere chiamato a difendere la patria, ma anche un sacrificio immenso per l'addio alla sua

amata. Lei decise di aspettarlo, ma i mesi trascorrevano in fretta, le stagioni pure. Il tempo passava, la bellezza di Ferhad cominciava ad appassire e lui non tornava. Ferhad decise così di avventurarsi nel deserto alla ricerca del suo amato: era partita in fretta, d'impeto, senza garantirsi i mezzi per la sopravvivenza, tant'è che a furia di camminare, senza acqua né cibo, la ragazza cadde sfinita per terra. Pietre piccole e appuntite la ferirono ovunque e il sangue si mischiò alle sue lacrime di dolore, che diventarono bellissimi tulipani rossi. Si racconta che durante la primavera, come quella in cui mi sposai, i tulipani tornino a fiorire in ricordo della passione infelice di Ferhad e Shirin. Adoravo quel bouquet di tulipani rossi.

Capitolo 15

Alberto uscì dal bar che non riusciva più a distinguere nulla, il marciapiede, le piante, l'auto, oddio, dove l'aveva lasciata? La testa girava, il sole gli entrava dritto negli occhi. Attraversò la strada che separava il bar dalla piazza e per poco non si fece investire da un motorino che gli passò di fianco a pochi centimetri. Il corpo sembrava staccato dalla testa e niente era più sotto controllo, nemmeno le mani con cui aveva afferrato Margherita, la collana rotta, le perline tutte a terra.

I ricordi di quell'estate l'avevano travolto. L'estate in cui tutto era cambiato, l'estate in cui gli occhi bruciavano a forza di piangere ed era tutto confuso eppure così reale, straziante. Gli appostamenti sotto casa di Margherita, e poi di Angela, le telefonate a vuoto che a un certo punto erano diventate una voce: 'Il numero da lei chiamato è inesistente'. Ecco cos'era diventato per lui quel nome: un groviglio di lacrime e gioia, passione, anni felici e dolorosi, un groviglio che non era riuscito a sciogliere mai. Un amore che aveva seppellito ma a cui bastava poco per riemergere e tornare a galla, anche adesso che era diventato un uomo, un marito con due figli, un avvocato divorzista ad Ancona.

Un giorno, era autunno, era entrato nella libreria del centro, a un centinaio di metri da casa sua, per ricomprare il commentario breve al diritto della famiglia che aveva perso in chissà quale trasloco. Non si era mai deciso a riacquistarlo, e tutte le volte che era passato lì davanti si era sempre dimenticato di quell'incombenza. Quel giorno però, i bambini li accompagnava a scuola Marta, lui poteva concedersi una colazione con calma al bar e, mentre si faceva la barba, gli era tornato in mente il manuale. Il primo impegno della giornata era alle undici, l'udienza di divorzio Boccia-Massari, così aveva fatto le cose con calma ed era arrivato in piazza del Papa alle dieci precise, puntuale per l'apertura. Aveva aspettato che il libraio alzasse la saracinesca, aveva dato un'occhiata all'orologio ed era entrato, assecondando l'istinto di fermarsi al banco delle novità. E lì, improvviso, si era riaffacciato il groviglio, una vampa di calore l'aveva investito, le gambe erano diventate deboli. Il nome 'Margherita Lolli' campeggiava su una copertina gialla. Sul retro, la sua foto così come lui la ricordava: gli occhi grandi velati di malinconia, il broncio che nascondeva dietro un sorriso ampio e un po' finto, una camicetta scura che le copriva il seno. Succedeva la stessa cosa da tanti anni: quando pensava di essere *guarito* – perché questo era quello che pensava, la parola che gli veniva in mente quando gli capitava di ripensare a lei –, ecco che Margherita tornava a fargli visita. Spuntava un ricordo, un oggetto, una frase, qualcosa capace di diventare uno sconquasso.

Come un pomeriggio a casa di Denis, lui studente di Giurisprudenza ad Ancona, di ritorno a Collina dopo il primo semestre di esami, l'altro ancora al liceo. Una foto di loro tre, insieme, di nuovo la fitta al petto, il viso rosso, le gambe molli.

«Ci stai ancora sotto, frate'?» aveva chiesto Denis.

Lui si era girato dall'altra parte e aveva aperto la tendina della finestra che si affacciava di fronte casa di Margherita, gli infissi chiusi, il balcone deserto e assolato. «Prima o poi passa» aveva risposto al cugino, che nel frattempo aveva imbracciato la chitarra e chiuso il capitolo.

Alberto invece quel capitolo non lo chiuse mai e più passava il tempo e più si detestava per quell'incapacità di andare avanti. Come facevano gli altri? Come ci si liberava da quel groviglio che non si scioglieva mai?

Le risposte a quelle domande le cercò a lungo e non le trovò mai. E non le trovò neanche nel libro giallo, che aveva comprato quella mattina stessa in piazza del Papa, sfogliandolo e risfogliandolo in cerca di coraggio. Per un po' era rimasto al tavolino del bar a scrutare la foto in quarta di copertina, poi lo aveva infilato nella sua valigetta di pelle marrone. Aveva provato più e più volte a leggerlo, ma ogni volta che cominciava, gli prendeva la paura di trovare qualcosa che potesse rovinargli di nuovo la vita e riportarlo all'estate del '98. Bastavano poche righe e riemergeva la sua voce, la voce di Margherita, e le pagine diventavano lame pronte ad affondargli nella carne. E più Alberto andava avanti, più il dolore si acuiva.

«Da certi amori non si guarisce» gli aveva detto un giorno la zia prof, quando lui aveva cercato conforto nella casa di Lucera. Ma anche quella casa, il salotto con la libreria e il giradischi, la soffitta dove dormiva con Margherita di fronte all'anfiteatro romano, era diventata un cratere che lo risucchiava sempre più giù. E così aveva rinunciato pure a quella, almeno all'inizio, con buona pace della zia che non lo aveva visto per mesi e mesi. Aveva cominciato a stare meglio solo dopo Ancona. «L'università ti farà bene» gli aveva pronosticato la zia prof, e così in effetti era stato, tanto più che tra i banchi aveva conosciuto Marta, le lentiggini sul naso, la voce roca, i capelli scuri a caschetto, un neo vicino alle labbra che gli ricordava sempre cosa era stata per lui quella ragazza lucana: un'eccezione, la madre dei suoi figli, la compagna della vita, la donna che aveva scelto 'finché morte non ci separi'. Fino alla mattina della libreria.

Quando era arrivato in ufficio, Alberto aveva chiuso il libro nel secondo cassetto della scrivania e non l'aveva riaperto più. Il commentario breve al diritto della famiglia se lo era scordato di nuovo. Al polso, l'orologio indicava che era mezzogiorno passato, l'udienza Boccia-Massari se l'era proprio dimenticata.

Perché Margherita gliel'aveva nascosto? Perché quella fuga durata anni?

Alberto riuscì a trovare l'auto solo azionando il pulsante del telecomando, salì in macchina, mise in moto e aprì tutti i finestrini perché non riusciva più a respirare.

Capitolo 16

«Pronto?»

«Ciao».

«Ma dove sei finita?»

«Sono a casa».

«Pensavo fossi ripartita senza salutarmi».

«Sono ancora qui».

«Senti, io non lo so che mi è preso l'altro giorno al bar. Sto malissimo al pensiero di quello che è successo con Alberto. È pure venuto al negozio a cercarmi».

«Per cosa?»

«Margherita, dovete parlarvi».

«Come l'ultima volta?»

«Passo a prenderti».

«Quando?»

«Tra poco. Ho la giornata libera».

«Va bene, dammi il tempo di prepararmi» rispose Margherita guardando l'orologio.

«Mezz'ora e arrivo».

«Guarda che il citofono è rotto, manda un messaggio quando...»

Angela aveva già riattaccato.

Venti minuti dopo, un clacson suonava senza sosta sotto casa sua. Margherita si affacciò dal balcone e vide la portiera della Ypsilon aperta, l'amica un po' dentro e un po' fuori dall'auto.

«Angela!» urlò. «La smetti con 'sto casino?»

Inutile, Angela non smetteva, era il suo modo di metterle fretta.

Margherita chiuse la finestra, prese le chiavi di casa e fece di corsa le scale come da ragazzina, con il rimbombo dei passi che si propagava per i tre piani del palazzo.

Nonostante tutto era felice di rivederla, e non lo nascose una volta arrivata giù, quando Angela finalmente smise di far strillare il clacson e le rivolse un mezzo sorriso sconsolato. Fu in quel momento che Margherita si accorse che non era venuta da sola.

Mentre andava verso la macchina, con il cuore ancora in gola per la corsa, Margherita riuscì solo a vedere che il sedile di fianco al guidatore era occupato. E più si avvicinava, più le sagome diventavano nitide. Salutò Angela con un gesto della mano e fece il giro davanti all'auto abbassando la testa per cercare lo sguardo di quell'uomo. Perché la stazza era quella di un uomo, ne era sicura, nonostante il riflesso del sole sul parabrezza rendesse tutto più complicato.

Rivolse un'occhiata verso Angela come per chiederle conto di quella presenza. Ma lei allargò le braccia come per dire: *non posso farci niente.* Margherita a quel punto aprì lo sportello del passeggero e vide Denis.

«E tu che ci fai qui?»

«Mi si è piazzato in macchina al semaforo appena gli ho detto che venivo da te» lo anticipò Angela, riprendendo posto al volante e accendendo il motore. Era già pronta a fare marcia indietro e stava guardando lo specchietto retrovisore. «Dai, sali» aggiunse poggiando il braccio sul sedile di Denis per fare manovra.

Lui si limitò ad accennare un sorriso.

«Ma che vuoi?» chiese Margherita prendendo posto dietro e chiudendo lo sportello con forza.

Non sapeva se sentirsi sollevata o dispiaciuta di non aver trovato Alberto.

«Vorrei parlarti» disse Denis mentre guardava Angela ripartire. Nessuno dei due aveva messo la cintura, ma la macchina era talmente vecchia che non suonò alcun allarme, rimasero accese solo due spie rosse sul cruscotto. «Attenzione al marciapiede».

«Per cortesia. Il badante no» gli rispose secca Angela.

«Senti» Margherita partì all'attacco, «ti ho già detto che quella sera non ha avuto alcun significato per me. Niente di niente». Nel frattempo si era piazzata al centro dei sedili posteriori evitando di incrociare il suo sguardo.

«Ahhh, la giornata comincia finalmente a farsi interessante» esultò Angela fregandosi le mani. La macchina ebbe una lieve sbandata ma lei riprese subito il controllo.

Si era immessa sulla strada principale e mancavano pochi metri per arrivare al corso. A quell'ora non c'era in giro nessuno, i negozi erano ancora chiusi, le saracinesche abbassate: la controra non ammetteva eccezioni.

«Non ti fermare. Tu guida» aggiunse Denis gesticolando.

«Sì, ma dove? Dove andiamo?» chiese Angela afferrando il cambio per ingranare la terza.

«Non lo so, tu vai e basta» rispose Margherita mettendosi gli occhiali da sole.

«E se andassimo alla cava?» propose Denis. «Vi va?»

Ma non fece in tempo a finire la domanda che Angela aveva già lasciato il corso di Collina per prendere la provinciale che portava alla cava di bauxite. La radio era accesa ma il segnale era disturbato e Lady Gaga andava e veniva.

«Dobbiamo chiarire» aggiunse Denis a un certo punto, interrompendo il fruscio del vento che entrava dai finestrini aperti scompigliandogli i capelli.

«Mmm… ancora? Ma che c'è da chiarire?»

«Tanto per cominciare, non siamo stati a letto insieme».

Angela, che con una mano stava bevendo da una bottiglietta e con l'altra controllava il volante, per poco non finiva fuori strada. L'acqua le andò di traverso e cominciò a tossire e a ridere contemporaneamente, allentando la presa sulla bottiglia che per poco non le inzuppò i jeans e il sedile. Poi alzò il volume dello stereo perché nel frattempo era ricomparsa *Applause* e sbirciò Margherita dallo specchietto retrovisore. Poi fece la stessa cosa con Denis, ridendo.

«Ma quando è successo? Perché io non so niente?» chiese a voce alta dato che lo stereo era a tutto volume. Denis e Margherita la ignorarono e rimasero entrambi con lo sguardo sul panorama che fuori dai finestrini cambiava in rapida successione. Si erano lasciati alle spalle Collina ed erano giunti nella campagna deserta. Margherita aveva riconosciuto da lontano, oltre la zona delle pale, i ventuno ponti che attraversavano la Murgia come la navata di una chiesa. Il distributore della Esso era deserto, chiuso pure quello, ma da qualche mese avevano installato il self service, davanti al quale avevano visto appostato un anziano signore che stava pagando il rifornimento per il suo camioncino bianco. Proseguirono dritti arrivando alla statale per Castel del Monte e più si avvicinavano alla cava, più la terra prendeva colore e cominciava a dare un senso a tutto quel vuoto attorno.

Incrociarono un trattore e niente più: adesso erano ufficialmente gli unici sulla strada.

«Cioè, ci siamo baciati, quella sera» Denis interruppe il loro mutismo quasi urlando per sovrastare lo stereo, «ma eri troppo ubriaca».

Silenzio dal sedile posteriore.

«Ma quale sera?» incalzò Angela, spegnendo all'improvviso la musica e mettendo la freccia a destra, per imboccare la stradina che conduceva alla cava. Gli unici rumori erano quelli del vento e delle ruote che procedevano ostinate sullo sterrato. Chiusero tutti e tre i finestrini per non far entrare la polvere e, dopo pochi secondi, ecco che il panorama cambiò di nuovo e irrimediabilmente. Non c'erano più le campagne insignificanti e deserte, né le strade del centro di Collina che tutti e tre conoscevano a memoria. Non c'erano più le pale eoliche che giravano né i ventuno ponti a sorvegliarli da lontano. Margherita si tolse gli occhiali da sole e la terra rossa le si sprigionò davanti come un miraggio, un fascio di luce, un pozzo, lo stesso in cui per anni con Angela aveva gettato sogni, ansie, speranze. Era lì che andavano insieme quando erano ancora due ragazzine e arrivavano alla cava in bici, ai tempi del liceo, i jeans macchiati di rosso, il sudore sulla fronte. In quel vuoto porpora Collina non era più Collina, ma era l'Arizona, il Grand Canyon, le sue guglie rocciose, le insenature, i sogni di una vita oltre i confini della terra scura da cui sarebbero scappate entrambe. Su questo non c'era alcun dubbio. La cava era lì per dimostrare che pur essendo nate e cresciute in mezzo ai campi e alle spighe di grano, Angela e Margherita erano un'eccezione, un miraggio, un fascio di luce: una terra rossa.

Arrivarono sul piazzale e parcheggiarono sul ciglio

della gola, perché era così che si presentava la cava davanti a loro: un cratere enorme da cui non riuscivano a staccare lo sguardo. Scesero dall'auto lottando contro il vento che si era alzato all'improvviso ma subito furono attratti da un occhio gigante, mentre il sole riflesso sulla terra riverberava sui loro volti.

«Guardate, c'è il nibbio reale!» si mise a urlare Denis con l'indice rivolto verso l'alto mentre il falco volteggiava in cerchi al centro della cava. Aveva due ali enormi di un colore che sembrava una miscela di terra come quella che stavano calpestando, ma a renderlo inconfondibile era la coda biforcuta, divisa a metà. Rimasero a osservarlo in cielo nelle sue tante evoluzioni e ripresero a camminare solo quando l'uccello sparì in lontananza.

Raggiunsero in fila indiana la discesa che portava al laghetto: il terreno era secco e scivoloso e procedevano insieme un passo alla volta, per paura di inciampare sulle pietre. Almeno così facevano Margherita e Angela. Denis invece a un certo punto si mise a correre urlando come un pazzo e portandosi la mano alla bocca mentre faceva il verso degli indiani.

«Ma dove vai, cretino?» gridò Angela con affetto.

«Mò si spacca pure l'altra parte della faccia» rise Margherita.

Le urla di Denis rimbombavano da una parte all'altra della cava tanto da sembrare una pallina da tennis che sbatteva sulle mura rosse, per poi risalire in alto e dissolversi. Margherita e Angela arrivarono giù con calma e guardarono i riflessi degli alberi che si deformavano nella poca acqua del laghetto. Non pioveva da giorni, ma Angela iniziò a gareggiare lo stesso per vedere chi, tra loro, riusciva a tirare i sassi più lontano facendoli saltellare sulla piccola superficie verdognola. Il cielo si era aperto, il vento aveva trascinato via le nuvole e le sfumature ruggine della terra coloravano le mani di Denis, seduto a pochi metri da loro. Si godevano lo spettacolo in silenzio e, a turno, ognuno di loro si allontanava per guardare un angolo inesplorato della cava o cercare ancora il nibbio scomparso.

«Sembra una casa rotta» disse a un certo punto Angela.

Nessuno ormai da anni estraeva la roccia da cui si otteneva l'alluminio, ma nel corso del tempo la cava aveva attirato l'attenzione dei blog dedicati al turismo alternativo, finché non era diventata una meta consigliata dalle agenzie e persino dal *National Geographic*, che ci aveva realizzato un servizio fotografico.

«Da quanto tempo non venivi qui?» chiese Denis.

«Da quando tu eri piccolo così». Margherita portò il braccio all'altezza delle ginocchia.

E lui non riuscì a non sorridere.

Erano tutti e tre per terra, seduti vicino al laghetto, e fumarono in silenzio dopo aver combattuto contro il vento per accendere le sigarette.

«Comunque lo giuro, non ti ho toccata» disse Denis tirando una boccata.

«E basta, dai, ho capito» rispose Margherita buttandogli addosso una nuvola di fumo che però fu subito spazzata via dalla corrente.

«Davvero, lo giuro».

«E se anche fosse?» sorrise lei, cercando di spiazzarlo.

«No ma davvero, devi credermi».

«E il preservativo che ho trovato nel letto?»

Angela cominciò a tossire ridendo.

«Ma sì, te l'ho detto, ci siamo baciati, abbiamo cominciato a...»

«A fare sesso?»

«Nooo, mi sono messo il preservativo ma eri troppo ubriaca. Eravamo entrambi piuttosto ridicoli».

«Mi state dicendo che quindi è successo davvero?» li interruppe Angela, che non smetteva di ridere.

«E che ci facevo tutta nuda?»

«Io ti ho solo tolto i vestiti quando ti sei addormentata per farti stare comoda. Poi non lo so. Magari sei andata in bagno durante la notte e...»

«... e mi sono persa la mutande?!»

«Oddio, vi prego, continuate. Raccontatemi tutto, da cima a fondo» disse Angela piegata in due.

Si misero a ridere anche loro, Denis e Margherita, mentre dall'alto videro scendere una coppia di turisti con un bambino. Non erano mai stati alla cava, era chiaro dal loro atteggiamento spaesato. Entrambi camminavano tenendo per mano il piccolo e lei cercava di fare una telefonata con il cellulare.

«Non c'è campo!» urlò Denis facendo segno con la mano. «Qui non c'è campo» ripeté per farsi sentire.

Il sole, che fino a poco tempo prima era nascosto dalle nuvole, ora era proprio di fronte a loro.

«Come mai ti sei messo a fare il becchino?» chiese Margherita all'improvviso.

«Non c'è lavoro, era l'unica alternativa per restare qui» rispose buttando la cicca verso il laghetto. «Poi però mi sono appassionato».

«Ai morti?»

Lui cominciò a raccontare di tecniche di sepoltura, di Garrone e *L'imbalsamatore*, della biocremazione e della criogenesi.

«Sarebbe?»

«Quando muori ti ripristinano meccanicamente la

ventilazione ai polmoni e l'afflusso di sangue al cervello, e ti somministrano sostanze che evitano ischemie e danni nel tempo. Poi viene iniettata nel corpo una soluzione crioprotettiva per evitare il congelamento dei tessuti e degli organi, il cadavere viene immerso nell'azoto liquido e portato gradualmente a -196 gradi».

«Per fare cosa?» chiese Margherita.

«Conservi il corpo ibernato nella speranza che un giorno qualcuno scopra come riportarlo in vita».

«E chi lo fa?»

«Pochi, per ora, ma è il futuro. Appena ho un po' di soldi voglio investirli in questa attività».

«Possiamo smettere di parlare di cadaveri?» li interruppe Angela.

Denis si mise a ridere, poi si alzò e andò verso la coppia di turisti ormai arrivati a valle. Il vento aveva smesso di soffiare forte e Angela e Margherita si erano stese per terra, al sole.

«Si sta bene ora».

Angela annuì chiudendo gli occhi, dopo aver messo la borsa sotto la testa.

«Mi dispiace Margheri'».

«Per cosa?»

«Per Denis. Ma si è proprio intrufolato nell'auto prima che avessi il tempo di dirgli di no».

«Lo faceva anche con noi. Me e Alberto, intendo».

«Ci pensi spesso?»

«Ad Alberto? Sì» ammise Margherita, rimettendosi seduta e affondando le mani nella terra. «Ma non per quello che pensi tu» aggiunse. «Dell'aborto non mi sono mai pentita, di tutto il resto sì».

«Tutto il resto?»

«Sì, che sono scappata in quel modo, che non gli ho

mai detto la verità. È che non volevo essere guardata da lui come mi avete guardato voi».

«Noi chi?»

«Ricordo ancora la commiserazione negli occhi della dottoressa, quel giorno, e persino nei tuoi. Il giudizio, la condanna, le insinuazioni sottese».

«Hai ragione» disse Angela mettendosi seduta anche lei.

Margherita alzò le spalle. «E tu?»

«Cosa io?»

«Intendo, com'è stato senza tuo padre?»

«Un inferno. Mia madre si è ripresa fisicamente poco per volta, ma di fatto è morta quel giorno a Foggia, insieme a lui».

«È per questo che sei andata a vivere con Michele?»

«Sì, pur di scappare da quella casa. All'inizio, ti assicuro, nessuno voleva dare un lavoro alla 'figlia del mafioso'. Che pezzo di merda. Era il medico della mafia foggiana, lo stronzo. Quando c'erano sparatorie e colpivano uno del clan, chiamavano lui».

«Sì, l'ho letto sui giornali».

«Poi a un certo punto si è tirato indietro. Pensava di poter riconsegnare il tesserino, dare le dimissioni, e invece le dimissioni gliele hanno date quelli. Arrivederci e grazie».

«E tua madre?»

«Si è rimessa a studiare, è riuscita a vincere un concorso come dirigente sanitario a Lucera. Ma appena i giornali locali lo hanno saputo, è ripartita la valanga di merda nei nostri confronti. Scritte sui muri di casa, le associazioni delle vittime di mafia indignate… Ma noi? Noi cosa siamo? Non siamo vittime pure noi? Io credevo solo che fosse uno stronzo alcolizzato infelice, e invece mi ritrovo, quindici anni dopo, ad andare in giro con il terrore che qualcuno degli amici suoi possa farci ancora del male».

«Ma tua madre non c'entrava niente».

«Hanno indagato pure lei ma ne è uscita pulita. Per dieci anni sono andati avanti con le microspie a casa nostra, poi si sono arresi».

«Perché non te ne sei mai andata?»

«E dove?»

«Lontano da Collina, a Roma per esempio. Se vieni ci prendiamo una casa insieme, finisci l'università, ti aiuto a cercare un lavoro che ti piace. Lascia stare Michele».

«Ma non l'ho fatto a vent'anni, secondo te lo faccio ora?»

«Fallo e basta».

In quel momento Denis lasciò i due turisti e tornò da Margherita e Angela, indicando con la mano il sole che stava scendendo lentamente dietro le montagne rosse.

«Guardate!»

«Cosa?» fece Angela.

«Non sembra un sipario?» disse Denis.

Angela iniziò a ridere e a prenderlo in giro. Si alzò, cominciò ad avvicinarsi, a toccarlo sui fianchi per fargli il solletico e la stessa cosa fece Margherita, incitata dall'amica.

«Il sipariooooo!!!» urlarono.

E poi risero ancora, e urlarono, si rincorsero sulla terra rossa mentre i turisti vicino al laghetto si godevano la scena. Il bambino si unì a loro nella rincorsa.

«Dove scappi?» provò a trattenerlo la mamma.

«Vieni qua!» disse Angela a Denis, che nel frattempo era riuscito a liberarsi dalla presa e ad allontanarsi dalle due amiche che ridevano ancora. Non riuscirono a smettere fino a quando Angela si allontanò, salì su un pulpito di terra rossa e rivolgendosi ai turisti annunciò: «Signori e signore, voglio rendere noto a tutti che tu, *uagliò*» rivolgendo lo sguardo verso Denis, *«a' vest tropp murt!»*

Andarono avanti così a lungo, fino a quando la famiglia di turisti se ne andò e rimasero lì solo loro tre, mentre il sole continuava a scendere piano piano.

«E tu non hai mai avuto la tentazione di andare via?» chiese Margherita a Denis, quando si furono calmati.

«Certo che l'ho avuta, ma guardati intorno. Dove lo trovi un posto così?» rispose sorridendo.

Non aggiunse altro, ma avrebbe voluto parlarle della magia delle grotte scavate nel tufo a due passi da dov'erano loro, della solitudine quasi perfetta del castello che se ne stava da settecento anni da solo sulla collina. Avrebbe voluto parlarle dello sperone selvaggio del Gargano e della leggenda di Cristalda e Pizzomunno, delle croci sul pane e di quelle che si era caricato sulle spalle da quando aveva deciso di restare a Collina. Ma pensò che non sarebbe servito a niente perché chi se ne va sa bene cosa perde, e chi rimane diventa un osservatore silenzioso di mancati addii e di ritorni, di nostalgie e di rimpianti. In tutti i casi, una cosa era certa: si cadeva nel pozzo e non se ne usciva più.

«Forse è ora di andare» disse Angela.

Raccolsero le borse e le loro cose da terra e cominciarono a risalire la montagna dall'unico percorso possibile a piedi. Arrivarono in cima e raggiunsero in silenzio l'auto, lasciandosi dietro una scia di polvere, con cui avevano ormai preso confidenza. Si rimisero in macchina lasciando i finestrini aperti con Margherita e Denis che si affacciavano di tanto in tanto in cerca del nibbio.

«Eccolo!» urlò Margherita pensando di averlo avvistato.

«Seeee, è arrivata la romana» la prese in giro lui. «Quello non è un nibbio, vedi che la coda è unita?»

«E cos'è allora?»

«E che ne so? Che faccio l'ornitologo?»

Chiusero i finestrini ma continuarono a ridere e a guardare fuori per tutto il viaggio di rientro. Le giornate erano ancora lunghe, le luci della sera non erano scese, ma stavolta Margherita si era seduta davanti, di fianco ad Angela, e aveva una visuale ampia. La controra era finita da un pezzo, eppure le strade erano ancora deserte.

Nessuno dei tre ci fece caso, felici di aver trascorso quel tempo insieme. Angela aveva come al solito alzato il volume dello stereo, ma, arrivati nei pressi di Collina, mentre gli altri due continuavano a scrutare il cielo, cominciò a sentire un rumore che si faceva sempre più insistente.

«Lo sentite?»

«Cosa?» risposero in coro gli altri.

«Devo cambiare 'st'aggeggio» disse Angela schiacciando il tasto off dello stereo. A quel punto si accorsero anche loro che il rumore c'era davvero e non aveva niente a che fare con la radio. Aprirono di nuovo i finestrini con la manovella, Margherita poggiò la borsa vicino ai piedi e cominciò a sporgersi fuori: al posto del falco vide un elicottero militare volare sulle loro teste. Arrivati sul corso di Collina, due auto della polizia municipale trasmettevano con gli altoparlanti un messaggio urgente rivolto all'intera cittadinanza.

Capitolo 17

Se c'era una cosa che Alberto non amava della moglie era la sua insicurezza. Si faceva prendere dall'ansia per qualsiasi cosa: una luce lasciata accesa, un bucato sbagliato, la febbre dei bambini. Per fortuna almeno non soffriva più di attacchi di panico. Quell'aspetto del suo carattere, che quando si erano conosciuti gli faceva tenerezza e aveva suscitato in lui un certo istinto di protezione, con il tempo aveva iniziato a provocare la reazione opposta, di rifiuto. La maggior parte dei loro litigi avveniva proprio per questa distanza.

«Marta, ci dobbiamo dare una mossa».

«Ora, subito?» chiese lei.

«Hai sentito o no il messaggio del sindaco?»

«Ma cosa dobbiamo portarci? E per i bambini cosa prendiamo?»

«Lo stretto indispensabile. Non penso che staremo fuori più di una notte, facciamo la borsa insieme. Ok?»

E l'abbracciò sperando di tranquillizzarla. Quando lei fece per allontanarsi, il bottone della camicia del marito rimase incastrato al ciondolo della sua collana, una M di brillanti che le aveva regalato per il secondo figlio, la notte dopo il parto. Quando Marta aveva aperto la scatolina, tra le lenzuola dell'ospedale e la medicazione che le avvolgeva il ventre, si era talmente emozionata che aveva iniziato a singhiozzare come una bambina. Piangeva per il regalo, ma anche per i dolori e il crollo di estrogeni e progesterone. Lui invece di quel regalo si era pentito già nei giorni successivi e non aveva smesso mai nel corso degli anni, perché quella M, che Marta non toglieva più dal collo, non faceva altro che ricordargli un'altra persona.

«Attento» disse riavvicinandosi al marito, e con un gesto della mano riuscì a liberare il ciondolo dalla camicia. Poi si mise ad aprire i cassetti degli armadi.

«Forse una coperta può essere utile?»

«Maddai, siamo ad agosto».

«E che ne sai dove dormiamo? Io ne porto qualcuna, almeno per i bambini».

«E portale».

«Comunque dovevamo tornare a casa prima. Abbiamo rimandato, rimandato e mò ci voleva pure 'sto casino».

Alberto e Marta si erano intesi da subito. Puglia e Basilicata erano due facce della stessa medaglia, e così, da quando si erano conosciuti, durante la lezione di diritto privato del professor Gambescia, ad Ancona, erano diventati inseparabili. I primi due anni erano rimasti in due case separate, ma quando entrambi avevano iniziato a fare il praticantato si erano decisi a prendere un appartamento insieme. La cosa strana però è che passavano gli anni ma Alberto, a Marta, di Margherita non parlava. Nessun accenno al suo primo amore, alla sua prima grande delusione, a quel dolore che ogni tanto ricompariva persino in sogno. Niente di niente. E così, per i primi tempi del loro fidanzamento, Marta di Matera, un caschetto nero corvino e quel neo sopra le labbra che con un po' di consapevolezza in più avrebbe fatto girare la testa a mezza università, non aveva saputo nulla di Margherita Lolli e della sua ombra ingombrante.

«Ma quale casino, dai. Nell'arco di poche ore dovrebbero risolvere tutto e possiamo ritornare a casa» provò a rassicurarla di nuovo Alberto.

«Sì, ma se qualcosa va storto?»

«E che cosa, Marta? Non esageriamo mò» disse lui aprendo la tenda della finestra che dava proprio verso casa di Margherita. Le sue di finestre erano chiuse, le luci spente. L'ombra continuava a essere ingombrante e lo era diventata anche per Marta da quando, una volta conosciuta la zia prof, aveva cominciato anche lei a familiarizzare con quel nome. Per diversi anni aveva rinfacciato al marito di averle tenuta nascosta una parte importante della sua vita.

«Cosa guardi?» chiese Marta.

«Sta diventando buio» rispose lui chiudendo di scatto la tenda.

«E tuo cugino?»

«Denis non si sa dove sta. Sparito».

«Ma sei andato a suonargli alla porta?»

«Certo, più volte, ma non c'è. Ho anche provato a telefonargli, lo sto chiamando da oggi pomeriggio ma è sempre irraggiungibile».

«Avrebbero potuto avvisarci prima, comunque».

«E come facevano? È stata una cosa improvvisa, non pensavano che fosse così urgente. I lavori del cinema vanno avanti da mesi, poi il blocco».

«Vabbe', comunque Denis lo avrà saputo, dai. Ne stanno parlando tutti, qualcuno gliel'avrà detto» commentò Marta, poi aggiunse: «Ma l'appuntamento al liceo a che ora è?»

«Tra due ore».

«Ah be', pensavo prima» disse Marta, stendendosi sul letto matrimoniale.

«C'è tempo anche per far cenare i bambini. Così mangiamo qui e poi andiamo».

«Certo, va bene» rispose lei, «ma per sicurezza porto anche qualcosa da mangiare».

«Ma stai dicendo sul serio? Non stiamo andando in guerra» sorrise Alberto sdraiandosi al suo fianco. «Stai tranquilla» aggiunse accarezzandole il viso, «ok?»

Ma lei non rispose. Aveva smesso di stare tranquilla tanti anni prima.

Capitolo 18

Peppino aveva ormai novant'anni. Tutte le sere stava chino sul registratore di cassa a emettere i biglietti e, se non fosse stato per la gobba, che si era accentuata negli ultimi tempi, nessuno gli avrebbe dato l'età che aveva. Con la pelle liscia e profumata di borotalco, girava per il paese sempre vestito con un completo scuro, tanto che suo cugino, Ninuccio, quando lo incontrava per strada lo prendeva in giro: «Io sto al cimitero ma il becchino sembri tu».

Quando a Collina si andava al cinema non si diceva 'andiamo al cinema' ma 'andiamo da Peppino', e tutti sapevano di quale Peppino si stava parlando. Nessuno invece ricordava i suoi figli, Lucio e Graziella, che pur avendo un altro lavoro, altre famiglie e figli da mantenere al Nord, negli ultimi anni si erano messi in testa di voler ampliare l'Andromeda per limitare le perdite del padre. Peppino aveva sempre resistito a quell'idea, ma alla fine Lucio e Graziella erano riusciti ad averla vinta e a convincere il padre a far trasformare il cinema in un multisala, simile a quelli delle grandi città. I lavori erano andati avanti bene per qualche mese, poi una pala meccanica che stava scavando nel terreno adiacente al corso aveva urtato qualcosa. Doveva essere qualcosa di grosso perché la pala non andava più né avanti né indietro. E così era rimasta per giorni bloccata, al punto che per sicurezza il direttore dei lavori aveva transennato tutto e convocato un tecnico del Comune.

Per prima cosa Peppino aveva avvisato Ninuccio, che una mattina aveva chiuso il cimitero ed era andato a dare un'occhiata al cantiere di Vico La Terza.

«Chi avete chiamato del Comune?» chiese Ninuccio.

«Mi sa che il geometra ha sentito Raffaele perché gli hanno d...»

«Senti a me, quello non capisce niente» l'aveva interrotto. «Qua sta una bomba, te lo dico io. Sganciata probabilmente durante la guerra. Vai dal sindaco perché qua il fatto è lungo».

«Ma Raffaele ha detto che potrebbe essere un problema idrico».

«*Angòr*? Li vuoi riprendere velocemente 'sti lavori o li vuoi vedere completati quando mi vieni a fare visita al cimitero? Dai retta a me, chiama il sindaco perché qua mò succede un casino».

Ninuccio aveva ragione: la bomba era del 1941, di fabbricazione inglese, spiegarono gli esperti mandati da Roma. Quaranta chili di tritolo e cinquecento libbre, che da due giorni ormai erano in attesa di essere spostati altrove.

«È il malaugurio» aveva detto il vecchio Peppino quando gli avevano annunciato che la spoletta dell'ordigno era stata danneggiata e che lui, insieme a tutti i collinesi, avrebbe dovuto lasciare casa sua per la prima volta da quando l'aveva costruita con le sue stesse mani insieme ai tre fratelli. A Collina, infatti, era stato approntato in tutta fretta un piano di evacuazione che era finito pure al TGR, con tanto di diretta e quattro droni a sorvolare l'area. Non c'era stato neanche il tempo di stampare i manifesti con gli avvisi e così il sindaco aveva deciso di fare un video sulla pagina Facebook del Comune e di mandare su e giù per il paese tutte le auto della municipale con gli altoparlanti.

ATTENZIONE ATTENZIONE, TUTTA LA CITTADINANZA SI DOVRÀ RADUNARE OGGI ALLE ORE 20 ALLE PORTE DEL PAESE PRESSO IL LICEO 'ADA CESCHIN PILONE' PER LE OPERAZIONI DI DISINNESCO DELL'ORDIGNO RINVENUTO NEL CANTIERE DI VICO LA TERZA. PER MOTIVI DI SICUREZZA È OBBLIGATORIO LASCIARE LA PROPRIA ABITAZIONE ENTRO LE ORE 19:30. RIPETIAMO: DOVETE LASCIARE LE VOSTRE CASE ENTRO LE 19:30 DI OGGI. GLI ANZIANI SOLI CHE AVESSERO BISOGNO DI ASSISTENZA POSSONO CONTATTARE I VIGILI DEL FUOCO. PORTATE CON VOI SOLTANTO ACQUA E BENI DI PRIMA NECESSITÀ.

Era l'evacuazione più grande dai tempi di guerra, con tanto di zona rossa con un raggio d'azione di 1.617 metri quadrati: la bomba infatti era stata danneggiata in uno dei due congegni di attivazione e il rischio di esplosione era più alto rispetto ai ritrovamenti più 'tradizionali'. O almeno così avevano detto tecnici e vigili del fuoco che nel pomeriggio avevano radunato i collinesi per spiegare le operazioni di disinnesco.

Angela, Denis e Margherita, di ritorno dalla cava con i finestrini dell'auto aperti, rimasero di sasso nel sentire il messaggio che arrivava dagli altoparlanti.

«Ma non ci posso credere!» disse Angela.

«Ma possibile che nessuno ci ha avvertito?» si sorprese Margherita cercando con le mani nella borsa.

«Alla cava i cellulari non prendono» le ricordò Denis, insieme alla raffica di notifiche che arrivavano dai loro telefoni. Chiamate perse, messaggi WhatsApp, sms. Tutti li avvertivano delle novità e gli chiedevano dove diavolo fossero finiti.

«Fermo una pattuglia e chiedo meglio» disse Angela.

«Ma non perdiamo tempo, cosa vuoi che ti dicano?»

«Accompagnami a casa, per favore» chiese Margherita.

«Ma dobbiamo andare al liceo, non hai sentito? Sono già le sette e venti».

«Sì, ma ho bisogno di prendere qualcosa. Il caricabatterie del telefono, lo zaino. O no? Voi non vi portate niente?»

«Sì, hai ragione» rispose Angela. «Allora, facciamo così, io vi accompagno a casa, poi passo da me e tra mezz'ora torno a prendervi e andiamo tutti insieme. Ok?»

«Lasciaci entrambi alla casa cantoniera e io procedo a piedi» rispose Margherita.

Le strade erano deserte, ora ci aveva fatto caso, e in giro non c'era più nessuno, fatta eccezione per le macchine della polizia municipale che continuavano a girare per Collina con gli altoparlanti accesi.

Margherita allungò il passo assecondando l'istinto di muoversi e fare in fretta. Arrivò sulla strada da cui sporgeva il suo palazzo con il cuore in gola, l'ansia di ricordarsi tutto quello che c'era da prendere. Davanti al portone di casa, però, si accorse che dalla cassetta postale sporgeva una busta gialla, grande e gonfia. Angela sarebbe tornata a prenderla tra pochissimo. La recuperò, aprì il portone e salì di corsa.

Capitolo 19

Erano quasi tutti lì, stretti nell'aula magna del liceo 'Ada Ceschin Pilone'. Alcuni collinesi si erano fatti ospitare dai parenti che vivevano nei comuni limitrofi, gli altri avevano seguito le indicazioni del Comune e stavano aspettando di ricevere ulteriori informazioni. La gente era sparsa tra aula magna, palestra, corridoi e il campo da basket esterno dove si erano appostate anche diverse troupe televisive. Un capannello di giornalisti circondava il povero Peppino, che raccontava il rinvenimento dell'ordigno.

«Come ve ne siete accorti?» chiese una giornalista passandogli il microfono.

E lui cominciò a spiegare, con la dovizia di particolari tipica della sua età, i fatti così come si erano svolti. Del malaugurio non disse niente ma non riuscì a non sottolineare che i lavori di ampliamento lui non li avrebbe neanche fatti. Se solo non si fossero messi in mezzo i figli...

Dall'altra parte, all'interno dell'istituto, il sindaco aveva iniziato a spiegare nell'aula magna tempi e modalità della detonazione.

«Mi sentite?» disse picchiettando il microfono con l'indice.

Con non poca fatica erano riusciti a entrare nell'aula anche Angela, Denis e Margherita, ma nel tentativo di avvicinarsi alla cattedra dove c'era il sindaco, scansando le persone strette le une alle altre, avevano finito per allontanarsi. Margherita se ne accorse troppo tardi e, mentre li cercava con lo sguardo, rivide invece Alberto con in braccio un bambino. Era sicuramente uno dei suoi figli e quell'immagine la turbò più di quanto avrebbe voluto. Continuò a fissarlo mentre le parole del sindaco diventavano nuvole che uscivano dalla sua bocca e poi dalla stanza, volatilizzandosi lontano. Poi qualcuno le schiacciò un piede e le parole tornarono a essere quello che erano.

«Il tempo di permanenza qui dipende dai tempi di disinnesco» spiegò il sindaco.

Una signora con i capelli rosso fuoco alzò la mano e, senza che nessuno le avesse dato l'autorizzazione per parlare, interruppe il sindaco.

«Ma perché non l'avete rimossa di giorno 'sta bomba e invece dobbiamo restare qui tutta la notte? Ci sono bambini piccoli!»

Un coro si alzò all'improvviso condividendo il disagio.

«Per cortesia, fatemi rispondere. Ci siamo accorti troppo tardi che i lavori avevano danneggiato l'ordigno in maniera irreparabile. Restare a Collina era rischioso, speravamo di approfittare della luce del sole e di riuscire a fare tutto entro sera, ma per predisporre un piano di emergenza di questo tipo ci vuole tempo, bisogna contattare il Ministero, sono stati mobilitati l'Aeronautica, l'Esercito, il Centro coordinamento soccorsi, i Vigili del fuoco. Nel frattempo la luce è calata e quasi certamente non ce ne andremo prima di domani mattina, quando è previsto che venga fatto brillare l'ordigno».

Le ultime parole furono accompagnate da un crescente brusio.

«Per favore!» aggiunse il sindaco, alzando le braccia per placare le proteste. «Abbiamo predisposto all'interno della palestra delle brandine, con sacchi a pelo per i bambini e per gli anziani. Per tutti gli altri non c'è stato il tempo di adeguare le aule. Vi chiedo davvero un po' di pazienza e spirito di adattamento».

Margherita, nel frattempo, stava sul cellulare e continuava a rispondere ai tanti messaggi che erano arrivati nell'ultima ora, compresi quelli dei signori Lolli che avevano saputo la novità dalla televisione: le immagini di Collina erano arrivate persino al Tg1.

Quando sentì alzarsi il mormorio, gli occhi lasciarono il display del telefonino. Alberto con il figlio non c'era più, al suo posto rivide in fondo all'aula la faccia dello sconosciuto. Non lo incontrava dal giorno della lettera trovata al cimitero e decise di raggiungerlo. Rimettendo il cellulare nella borsa si ricordò della busta gialla che non aveva ancora avuto il tempo di aprire. Iniziò a farsi largo poco per volta in mezzo alla folla ma c'era troppa gente che ancora li separava. Faceva caldissimo, quasi non si respirava, ma lei continuò ad avanzare sperando di raggiungerlo prima che se ne andasse. Aveva una camicia celeste, era appoggiato a una colonna con il gomito, e finalmente lei era a pochissimi metri da lui.

«Ciao» disse appena fu alle sue spalle.

Ma quando l'uomo si voltò, Margherita si rese conto di essersi sbagliata.

«Mi scusi, l'ho scambiata per un'altra persona».

A quel punto, vicina alla porta, decise di uscire per prendere un po' d'aria. I corridoi erano completamente diversi da quelli in cui da ragazzina correva con Angela, le crepe sui muri sembravano disegnare delle mappe stradali. Persino i bagni erano cambiati: le scritte contro la sua amica erano state sostituite da altri nomi, altri insulti, altre aggressioni condannate e racchiuse dall'espressione 'atti di bullismo' che spiccava da un foglio bianco protocollato e appeso alla porta del bagno.

'Chiunque venga colto nell'atto di vandalizzare i bagni e insultare o denigrare compagni di scuola con frasi sui muri verrà punito con tre giorni di sospensione e altri provvedimenti disciplinari che verranno presi a insindacabile giudizio del preside, il dottor Cotturri.'

Decise di uscire e di andare verso il campo da basket per respirare all'aria aperta, ma a un certo punto scorse da lontano la sua vecchia classe e non riuscì a resistere alla tentazione di tornare a dare un'occhiata.

Appena superato l'ingresso, incrociò proprio Cotturri. Era invecchiato come tutti, ma essendo sempre stato pelato, non c'erano capelli bianchi a ricordare gli anni passati, che si notavano a malapena da qualche ruga agli angoli degli occhi. Margherita notò che non indossava più quelle camicie a quadri che metteva negli anni Novanta come una sorta di divisa; addosso aveva una semplice polo a tinta unita che lo ringiovaniva pure.

«Margherita, che piacere rivederti» disse lui. «Come stai?»

«Bene, bene. A parte questa situazione assurda. E il caldo, non si respira» rispose lei facendosi aria con la mano.

«Vuoi un po' d'acqua?»

«Sì, grazie».

«Vieni, qui ce n'è una discreta scorta» indicò lui, prendendo dall'angolo una bottiglietta. «Come mai da queste parti?» le chiese mentre gliela passava.

«È morta mia nonna».

«Ah sì sì, perdonami, me l'ha detto tuo padre, che sciocco». Il professore si portò una mano alla fronte.

«Sì, guardi, a proposito di mio padre...» balbettò Margherita.

«Ma che fai, mi dai del lei? Siamo colleghi, su».

«No certo, volevo scusarmi, so che ti ha mandato il mio curriculum».

«Ma non c'è bisogno, anzi. Ho apprezzato, per noi sarebbe un onore averti qui» disse lui, piegandosi di nuovo per prendere un'altra bottiglia, stavolta per sé.

«Grazie, ma davvero. Con l'età i genitori...»

«Tu sei a Roma, giusto?» domandò girando il tappo.

«Sì, infatti. Non so che gli è venuto in mente».

«Ho letto il tuo libro, sai?»

«Ah sì?» L'imbarazzo le fece bruciare le guance. «Grazie. Grazie mille. È ormai preistoria, quella, però grazie, apprezzo molto».

«Questa era la tua classe?»

«Sì, ero entrata proprio per rivederla. Che strano effetto. Sembra passato un secolo» disse andando verso il suo vecchio banco, alla ricerca di qualche indizio. Si mise a guardare le sedie, la lavagna, le finestre da cui si vedeva la stazione in lontananza.

«Senti, scambiamoci i numeri di telefono, semmai dovessi aver voglia di tornare a Collina mi chiami». Cotturri lo disse in un modo che Margherita non sapeva se scherzasse o fosse serio. Presero i cellulari e si aggiunsero in rubrica. Un attimo dopo il preside era già fuori dalla stanza.

Anche lei uscì verso il cortile, dalla parte opposta del campo da basket. Il cielo era ormai stellato e per fortuna, prima di chiudere a chiave la porta di casa e uscire, aveva preso dal divano una giacca a maniche lunghe. Se la mise addosso, le serate non erano più afose come quando era arrivata a Collina, un mese prima. Camminando in mezzo a tutta quella gente, provò a cercare di nuovo Angela e Denis. O Alberto, con cui non parlava dal pomeriggio al bar. Non vide nessuno e andò a sedersi da sola per terra, con le spalle al muro della scuola e il viso rivolto verso l'aperta campagna. Il ronzio della gente adesso era un po' più lontano, si sentivano soprattutto le cicale e il cellulare, con le continue notifiche delle varie chat.

«Me lo passi?» fece a un certo punto un bambino biondo di fronte a lei. Aveva un braccio ingessato.

«Cosa?» chiese Margherita.

«Il pallone che è vicino a te. Me lo passi?»

«Ah sì, scusa. Non lo avevo neanche visto».

Margherita si alzò, lo prese con le mani e glielo porse.

«Grazie» fece lui, «ma con i piedi è meglio» aggiunse mostrando il braccio rotto.

«Come ti sei fatto male?»

«Per rincorrere mio fratello. Ma tra dieci giorni finalmente me lo tolgono».

«E come mai non te lo sei fatto firmare dai tuoi amici?»

«Perché qui non ho amici. Siamo in vacanza».

«Aahh, capisco».

«Ciao» fece il bambino allontanandosi di corsa.

Non appena se ne andò, Margherita si rimise seduta a terra. Aprì di nuovo la borsa e prese infine la busta gialla. Dentro c'era un foglio bianco stropicciato. C'era scritto:

Queste lettere sono da parte di tua nonna. Ti prego, non aver paura.

20 aprile 1991

Gli incubi certe volte erano fortissimi. Ho fatto pipì a letto fino a quando ho superato il metro d'altezza. Mia madre mi faceva domande strane, ogni tanto quando tornavo da scuola la trovavo pensierosa e mi chiedeva che giorno fosse. Ero come una lavagna sporca che al mattino tornava linda e pronta da riscrivere. Non ricordavo niente. Ho cominciato a capire tempo dopo, quando mi è capitato di toccare un pantalone di velluto. Ero alla festa di compleanno di un'amica, a casa di Elisa, era carnevale. Si giocava alla pentolaccia: aspettavamo febbraio solo per quel vaso di creta pieno zeppo di caramelle e cioccolate. Uno per volta venivamo bendati e armati di una mazza di legno con cui dovevamo cercare di frantumare il vaso. Chi ci riusciva, portava a casa il bottino. Quando arrivava il mio turno ero sempre terrorizzata. E se avessi colpito qualcuno? Giravo intorno a me stessa, muovendomi a destra e a sinistra con gli occhi strizzati dalla paura, le gambe leggermente piegate come fanno i portieri in attesa di parare la palla. E i miei compagni di scuola urlavano come pazzi.

«Più a destra!»

«No, più a sinistra!»

«Al centro!»

Tutti volevano vincere i dolci. Non c'erano regole, salvo quella di non alzare mai in aria il bastone, per non ferire nessuno. Alla fine, a furia di girare su me stessa, persi l'equilibrio e mi ritrovai con la faccia sul pavimento intriso di cera d'api. Era difficile alzarsi in quelle condizioni, con la benda e tutto il resto, e venne in mio soccorso il cugino grande di Elisa, che in realtà aveva appena qualche anno più di noi. Mi sono aggrappata a lui e tutt'a un tratto ho sentito una vampata di calore sul viso. Come quando sei davanti al camino, devi

muovere la legna per non far spegnere il fuoco e ti arriva la fiamma dritta sugli occhi, così forte che pensi di perderli.
Avevo toccato i suoi pantaloni di velluto ed ero svenuta. La prima immagine che ricordo, non appena ripresi coscienza, fu la mamma di Elisa che mi bagnava la fronte con uno strofinaccio umido.
«Ti sarai accaldata, bella di zia» continuava a ripetermi, tamponandomi il viso.
Venne a prendermi mia madre e me ne tornai a casa senza pentolaccia e con gli occhi dei compagni di scuola incollati su di me. Sentivo un peso sul torace all'altezza del cuore, come se qualcuno avesse cercato di schiacciarlo con i piedi.
Sono stata una codarda. Avrei voluto trascorrere una vecchiaia serena, con i miei nipoti nel giardino pieno di quelle rose e azalee che ormai non curo più. E invece sono costretta a fare avanti e dietro dal letto al divano, scrivendo come posso queste righe. Sono davvero stanca, Margherita: sto diventando vecchia prima di quanto potessi immaginare, i formicolii si stanno diffondendo su tutto il corpo. Ho le gambe dure come due tronchi d'albero e ogni tanto faccio persino fatica ad alzarmi dalla sedia. Tuo nonno spesso è curioso.
«Che scrivi?» mi chiede.
«Il testamento» gli rispondo per farlo arrabbiare. Funziona sempre.

2 maggio 1991

Il nonno è sempre stato dolce, sincero. Non gli ho mai mentito, nemmeno nei primi giorni del corteggiamento, quando bastava guardare i miei occhi per capire. Le persone che hanno vissuto questo dramma le riconosci dallo sguardo. Come

se quel dolore mai confessato logorasse dentro, divorasse le budella ogni giorno. Quel ricordo mi appassiva. Non mi concedevo, aspettavo, riuscivo a osservare la vita da lontano come se non riguardasse me. La osservavo nei bambini spensierati che giocavano con le fionde in strada, la scovavo nel profumo dell'erba bagnata, nel sole che sale la mattina e non riesci a capire dove vuole fuggire, ogni tanto la cacciavo affamata come cibo per malati. La verità è che quella vita che vivevano gli altri a me era stata negata.
'Me lo merito'. 'Sono una schifosa'. 'È colpa mia'. La mia testa ripeteva ossessivamente queste frasi. Ho vomitato quel giorno, dopo il compleanno di Elisa, poi ancora il giorno dopo, a scuola, nel cortile di casa tra le belle di notte tutte assonnate. Ho vomitato la paura del buio, quando lui veniva a prendermi, e ho vomitato il disprezzo per quell'uomo che mi aveva scippato l'infanzia, i miei giochi. Il disgusto è arrivato dopo, seguito dalla rabbia e dall'odio. Prima c'è stata la paura, le notti tremolanti a guardare la luce sotto la porta, ad ascoltare il rumore dei suoi passi mentre si avvicinava. Sembra ancora di sentirlo quel rumore di ciabatte che strusciano il pavimento e che si insinuano fino al mio letto. Ero convinta di essermelo meritato, tutto quel dolore, mi ero meritata quegli occhi malati sul mio corpo, quelle attenzioni morbose sulla mia pelle, quelle carezze inaspettate che mi lasciavano stordita, incredula, ubriaca di terrore.
«È disattenta, parla poco, si isola» dicevano le maestre a scuola.
E mia madre cercava di capire, si sforzava di essere più presente, riduceva le ore di lavoro. Non ha mai compreso che la malattia che stava divorando sua figlia dormiva tutte le notti di fianco a lei, sotto lo stesso tetto.
Non le ho dato colpe, se è questo che stai pensando. Le violenze sono cominciate quando ero appena una bambina, ma si sono

diradate nel tempo. Più crescevo e mi facevo donna e più quel fisico non gli piaceva più. È per questo che ho dimenticato, fino a quando però sono stati loro, i ricordi, a venirmi a cercare.
All'inizio mi toccava quando mia madre non c'era: la sera, quando io ero già a letto, capitava spesso che lei andasse a fare assistenza alla signora Anna, ormai vecchia e malata, due vie più in là rispetto alla nostra. Lui ne approfittava, usando quel tempo malato. Lo ha fatto quando avevo cinque anni o poco più, e poi ancora e ancora e ancora.
La notte in cui ho trovato il coraggio di raccontare tutto a tuo nonno è stata una delle più belle di tutta la mia vita: le mie lacrime si sono unite alle sue, la mia vergogna ha lasciato il posto all'amore che lui cercava di trasmettermi senza secondi fini. Eravamo al Gianicolo e avevo il terrore di spezzare quella poesia, l'incantesimo dell'intera giornata trascorsa tra le rovine di Roma antica. Ma avevo bisogno di dirglielo, non volevo sposarlo con l'inganno, con i castelli di bugie che avevo raccontato già a troppa gente. Volevo liberarmi di quel senso di colpa opprimente, claustrofobico, che non mi lasciava vivere in pace e che ti rimane addosso per sempre.
'Merito una punizione'.
'L'ho provocato'.
'È il suo modo per dirmi che mi vuole bene'.
La mia testa ripeteva sempre queste idiozie, bugie e falsità, si difendeva così. E invece lì, quella notte, in quella Cinquecento sgangherata, più raccontavo e dicevo la verità, e più mi sentivo libera. Libera di piangere e singhiozzare al punto di non riuscire più a scandire le parole. Libera di ricordare e confessare di avere ucciso un uomo per riscattare la mia vita.
Lui, tuo nonno, restava in silenzio e mi stringeva la mano così forte che a tratti non la sentivo più. Lo ha fatto anche quando è nata tua madre e quando abbiamo saputo della mia malattia.

20 maggio 1991

Oggi non mi sento bene ma voglio scriverti lo stesso. Il dottore me l'aveva detto: degenerazione dei neuroni nell'area del cervello chiamata Sostanza Nera. Mi sono immaginata la scatoletta cranica con i neuroni impazziti che fanno su e giù come schegge. Il tremore alla mano sinistra è comparso più avanti e così lentamente che quando ce ne siamo accorti avevamo già superato la fase pre-clinica. Oggi è una fatica persino tenere in piedi questa penna sul foglio, ma devo farcela, la mia è ormai una corsa contro il tempo e ho paura di soccombere. Sembra uno strano gioco del destino ma è ancora la paura a farmi compagnia, tutti i giorni, come quando scappavo da lui. Il giudice non ha mai creduto né a me né alla tua bisnonna, mia madre.

'Con perversa e postuma manovra, le imputate hanno cercato di giustificare l'efferato omicidio denunciando, con ributtante cinismo e tardiva reminiscenza, le bestiali intenzioni incestuose del morto che più di una volta avrebbe tentato di unirsi carnalmente o commettere atti di libidine sul corpo della figlia. Ma l'accusa, formulata con finalità di attenuazione della pena, va respinta come quella che integra e rivela l'assassinio morale della vittima, che già trucidata barbaramente nel corpo, si tenta ancora di sopprimere moralmente offuscandone la memoria'.

Nel baule verde antico che io e tuo nonno abbiamo tenuto in garage a Collina, trovi tutto. È messo in sicurezza da un grosso lucchetto d'acciaio, ma troverai la chiave nella busta bianca dentro il vaso di creta della cucina. Ci sono tutti gli atti del processo, comprese queste frasi riportate dal Pubblico Ministero che ho riletto talmente tante volte da ricordarle ormai a memoria. Il morbo mi si sta privando di tutto tranne che di questo dolore.

Fu Antonino il mugnaio a ritrovare il cadavere di mio padre nel letto del fiume Ofanto. Quel pomeriggio non riusciva a capire perché il deflusso dell'acqua che azionava le macine del mulino si fosse ridotto sensibilmente. Era piccoletto, con la carnagione olivastra, e portava sempre un cappello da contadino ormai cotto dal sole. Abitava a pochi metri da casa nostra e quel giorno era andato a controllare la bocca di presa del condotto del mulino verso il fiume. Fu allora che notò una macchia scura sul lato destro del burrone bagnato dall'acqua: si avvicinò velocemente per spostare quella che credeva fosse una carcassa di animale, ma poi i suoi passi iniziarono a rallentare la corsa. La testa e il petto del cadavere erano poggiati su due sassi, la corrente aveva strappato via i vestiti, ma le gambe di mio padre erano ancora coperte dai pantaloni di cotone color marrone. Antonino scappò via e si diresse subito verso la caserma dei carabinieri. Dal taglio al collo e al torace le guardie capirono che si trattava di un 'fatto delittuoso' e cominciarono a interrogare i parenti. Ispezionarono casa nostra, dove erano ancora visibili piccole ombre che si trascinavano sul pavimento a partire dalla camera da letto fino alla porta d'ingresso. Erano le tracce di sangue che mia madre aveva cercato di cancellare con la cenere: erano diventate un sentiero tortuoso che si bloccava in alcuni punti per poi riprendere in un naturale e macabro cammino di morte. Quella striscia aveva ipnotizzato i miei occhi nel corso di tutta la notte, quando tremolanti io e mamma aspettavamo il calare della luce per alleggerirci la coscienza di quel peso infame. Il perito spiegò che la morte era stata causata da 'lesioni alla regione carotidea procurate da colpi di scure' e rilevava che 'nella cavità gastrica c'era una discreta quantità di cibo inzuppato di vino'. Pensai che la medicina non mente e il mio corpo fu attraversato dall'ennesimo brivido di paura. Altre tracce di sangue vennero trovate davanti casa e lungo

il sentiero che andava verso il fiume. Ci portarono tutte e due in caserma in due celle diverse. Mia madre confessò subito e lo fece per scongiurare qualsiasi mia mossa avventata. Io rimasi in silenzio, tremolante.
'Non si presentano sufficienti elementi probatori nei confronti di S.C. per il concorso nel delitto, pur permanendo gravi sospetti. Non vi è alcun dubbio che la vittima fu uccisa da due persone in concorso tra loro, mentre era nella sua casa immersa nel sonno, favorito dallo stato di ubriachezza. Ciò si evince dalle vaste chiazze di sangue riscontrate sul lenzuolo e sul pavimento sotto il letto dove la vittima era coricata'.
Dopo alcuni giorni di silenzio impastatati di lacrime e terrore, mi lasciarono andare.

3 luglio 1991

Quel pomeriggio mia madre aveva deciso di seccare i pomodori al sole e poi immergerli sott'olio come piacevano a me. Ero una mangiona e si notava dai fianchi rotondi che iniziavano a farmi donna e dal seno prosperoso. Mi rendeva diversa dalle altre e non mi piaceva per niente, per questo lo nascondevo con delle fasce di cotone belle aderenti che stringevo partendo dalle scapole e facendole girare due o tre volte intorno al petto e infine intorno alla schiena. Me lo aveva insegnato zia Gemma, che però delle sue forme andava orgogliosa e le mostrava senza inibizione. Mia madre al contrario era piccola, gracile, quasi rachitica.
'Impossibile che da sola possa essersi caricata del macabro fardello per un percorso di 119 metri, in caso di strascico si sarebbero dovute trovare oltre che le tracce sul terreno, anche sulla vegetazione, mentre tali tracce, ecchimotiche o escoriati-

ve, si sarebbero dovute ampiamente riscontrare sul cadavere, specie sulla nuca e sulle gambe, a seconda della presa. Invece le ecchimosi sono state rilevate solo nella regione glutea sinistra e le escoriazioni nella regione sacrale. Il che induce a ritenere che il cadavere veniva mantenuto da due persone, ma il peso le costrinse in qualche punto ad allentare la presa nel trasporto facendolo urtare per terra'.

Era andata proprio così. Quel giorno mio padre rientrò a casa ubriaco con il sole ancora alto e io e mia madre nemmeno ci facemmo caso, tanto eravamo abituate a quella routine. Cercavamo solo di stargli lontano per evitare scatti d'ira ormai frequenti. Non era sempre stato così. Dopo l'alcol veniva tutto il resto: urla, schiaffi, botte. Principalmente contro mia madre e poi, quando aveva finito, iniziava con me. Io e mamma non ne parlavamo mai, c'era vergogna per quello che accadeva in casa nostra, anche tra di noi. I giorni seguenti facevamo finta di niente, come se nulla fosse mai accaduto, anche se lei era divorata dai sensi di colpa. Ogni tanto la notte veniva a trovarmi nel letto e si coricava di fianco a me, accarezzandomi le guance come si fa con i bambini impauriti che hanno bisogno di coccole. Io invece covavo odio: la rabbia talvolta era così forte che sembrava mi uscisse dal petto, come un animale a caccia della preda che all'avvistamento scatta forte sfidando l'aria, il vento e la gravità.

I suoi pantaloni erano di solito di velluto a costine. Righe sottilissime che al tatto sembravano seta. Mi concentravo su queste mentre lui faceva quello che doveva. Le accarezzavo come si fa con gli animali di cui hai un po' paura: piano piano, su e giù, immaginando di toccare con la mano il pelo morbido di un cane o il muso di un gattino. Delicatamente, senza che lui se ne accorgesse. Funzionava. Il giorno dopo, al risveglio, non ricordavo niente. Spariva tutto. Ma quando, per qualsiasi motivo, mi capitava di toccare un pantalone di velluto, mi saliva alla testa, all'altezza delle tempie, un dolore forte e secco. Come una scarica di adrenalina durante un giro sulle giostre: quelle che ti portano in alto e poi in discesa e ti lasciano senza aria nei polmoni. E tu non riesci più a respirare, pensi che stai per morire, fino a quando la giostra ricomincia pian piano a salire e riprendi fiato. Era così quando toccavo il velluto, come sulle giostre.

Ho impiegato anni a capire che non era una semplice allergia, come per la polvere, che mi chiude le vie respiratorie. Non ho mai avuto il coraggio di raccontare per non distruggere i sentimenti di chi amavo, compresa tua madre. E se ho scelto te per dirglielo, devi capire che lo faccio perché più di ogni altro essere umano è con te, mia nipote, che ho sentito quel legame. L'ho imparato invecchiando: per alcune cose non esistono tempi giusti e sbagliati. La verità non ha tempo. Ho sempre pensato che nascondere la verità potesse rendere più forte, potesse creare quella corazza che a me è mancata. Anche quando andavo a scuola non sapevo mai come difendermi: dai dispetti dei compagni di classe, dagli sgambetti o da un semplice spintone che mi faceva cadere per terra. Non che ce l'avessero tutti con me, ma sai come sono i bambini a quell'età. Poi la forza è esplosa tutta insieme in un giorno d'estate, mentre mia madre essiccava i pomodori al sole. Quant'erano buoni? Io ho sempre cercato di farli uguali uguali, ma diciamoci la verità, non ci sono mai riuscita. Mia madre aveva un segreto, secondo me. Forse li faceva insaporire con l'aceto bianco prima di metterli sott'olio insieme all'aglio e a un pizzico di origano. Li stendeva al sole sulla tavola di legno che usava per fare il pane. Quando è morta le ho messo nella bara il fazzoletto di cotone ricamato a mano che portava sempre con sé. Aveva quei fiorellini colorati sui bordi. Erano margherite, come te.

7 luglio 1991

L'ho ucciso con un coltello da cucina mentre lui dormiva, ubriaco. Quella mattina zia Gemma mi aveva parlato di Roma, di quanto fosse bella la capitale, con i suoi colori, il Colosseo, la gente a passeggio, la moda dei foulard a fiori sulla testa. Era passata a casa, come sempre, quando lui non c'era. Avevamo fatto il caffè, assaggiato dei biscotti al burro, preparato tutto il necessario per i pomodori secchi e poi era andata via prima di pranzo. Lui era tornato zoppicante, puzzava di vino, biascicava le parole ancora più del solito. Mamma stava da Antonino, il mugnaio, a fare la farina per il pane.

Fu lui a cercarmi, e non lo faceva da tempo. Invece quel giorno si avvicinò al mio letto mentre io ero distesa a scrivere sul mio diario bianco, già pronto per la scuola. Un regalo di zia Gemma, impacchettato con un nastro rosa. Era lei che mi pagava gli studi e tutto quello che serviva per la mia istruzione. Mi ha stretto con un braccio bloccandomi la faccia sul cuscino, mentre con l'altro cercava di togliersi la cintura dei pantaloni. L'ho riconosciuto da quell'odore di vino e dal suo dopobarba che sapeva di borotalco. Ho cercato di difendermi iniziando a scalpitare come in preda alla schizofrenia. Nel tentativo di respingerlo tirandogli dei calci, lui ha preso a picchiarmi prima con gli schiaffi e poi con i pugni: me ne ha tirato uno in faccia che mi ha stordito e mi ha indebolito come una foglia al vento. Ho perso conoscenza e quando mi sono ripresa sentivo il sangue che mi usciva dal naso e colava sul cuscino lentamente. È stato in quel momento che è penetrato con rabbia, più e più volte mentre le sue mani ruvide e ingorde cercavano i miei seni. Me li stringeva forte, con accanimento, come per punirmi di quel tentativo di difesa. Mentre scivolava nelle mie membra ho cercato di difendermi

tentando di rigirarmi, ma lui mi ha preso per i capelli e mi ha buttata di nuovo sul letto a pancia in giù. Ero ormai un manichino senza vita: sentivo scorrere piano le lacrime sul viso, mentre gli occhi erano ipnotizzati dal terrore. Il corpo aveva smesso di rispondermi, immobile tra quelle lenzuola sporche e incestuose. Non ero riuscita neanche a urlare, la voce era rimasta bloccata all'altezza delle corde vocali, e dalla mia bocca uscivano solo rantoli. Ho sentito la violenza della sua carne, la forza delle sue braccia, il rumore delle molle del letto, il suo sesso duro entrare e uscire. Infine il suono metallico della cerniera. Si è alzato barcollando, poi finalmente la porta si è aperta. Con gli occhi sbarrati e le mutande strappate sul letto, era calato il buio. Non vedevo e sentivo nulla: il silenzio ipnotico della mia mente aveva offuscato tutto. Ero un cielo che iniziava a riempirsi di nuvole. Poi, tutt'a un tratto, il rumore forte della pioggia. Ero ancora con la faccia schiacciata sul cuscino quando la mia testa ha cominciato a contare.
Uno, due, tre, quattro, cinque, sei, sette, otto, nove, dieci, undici, dodici, tredici, quattordici, quindici, sedici, diciassette, LO UCCIDO, diciotto, diciannove, venti, ventuno, ventidue, ventitré, ventiquattro, venticinque, ventisei, ventisette, ventotto, ventinove, trenta, trentuno, trentadue, trentatré, LO UCCIDO, trentaquattro, trentacinque, trentasei, trentasette, trentotto, trentanove, quaranta, quarantuno, quarantadue, quarantatré, LO UCCIDO, quarantaquattro, quarantacinque, quarantasei, quarantasette, quarantotto, quarantanove, cinquanta, cinquantuno, cinquantadue, cinquantatré, cinquantaquattro, cinquantacinque.
Al quinto minuto ho sentito le gambe alzarsi sicure, scendere dal letto, dirigersi verso la cucina. Sono andate spedite verso il braciere e lì le mani hanno aperto il cassetto dei coltelli. Hanno ripreso a camminare e si sono dirette verso la camera da letto, superando il corridoio e il bagno. Sono entrate nella

stanza dove mio padre era già sul letto, perso nel sonno. Una, due, tre, quattro, dieci coltellate veloci e dirette. Le mani non si fermavano più, entravano e uscivano dalla carne come se quello fosse sempre stato il loro mestiere. Lo colpirono all'altezza del collo e poi al torace, più e più volte. Continuarono a colpirlo anche dopo, quando ormai non c'era più nessuna vita da finire. Riuscì a fermarle solo mia madre, di ritorno dal mulino: caddi a terra stremata, avvinghiata alle sue gambe e coperta dal sangue caldo di mio padre. Sentivo ancora addosso la sua saliva e la puzza del suo sperma, poi sono arrivati il tremore, il freddo e la paura: la mia unica amica.

12 luglio 1991

Giurami che ti accontenterai di queste parole. Promettimi che non cercherai di rivangare, di scoprire ancora: tutto quello che devi sapere lo leggerai da queste lettere che un giorno saranno tra le tue mani. Non c'è nient'altro che tu debba sapere, nessun dettaglio o altra verità alleggerirà la nostra famiglia da questo fardello. Lascio queste lettere a zia Gemma, che te le farà avere quando non ci sarò più. Lascerò che siano loro a raccontarti la verità e nel frattempo lascerò spensierata la tua vita così come avrei voluto che fosse la mia. Lascerò che il mio ricordo ogni tanto venga a trovarti, proprio come tu venivi a trovare me. Per giocare. Non so se è questo il richiamo delle radici, ma so per certo che prima o poi quel richiamo arriva. E tu puoi opporti, puoi scappare per migliaia di chilometri, puoi scalare cime e vette alla ricerca di un posto migliore, puoi trovare la felicità in un paesino di campagna o in una città ornata di grattacieli, ma ci sarà sempre un simbolo, un oggetto, una persona, un odore a te familiare che ti riporterà al luogo dove tutto ha avuto inizio. E dove io vorrei che la mia vita avesse una fine. Adesso chi legge queste parole è una donna ed è alla donna che sei diventata, Mimì, che ogni giorno diventi, che chiedo solo una cosa. Di essere la mia voce, la mia migliore amica. Parla tu con tua madre. Dille la verità e non dimenticare i tulipani rossi. Dille quanto mi hanno resa felice. Quanto sono felice.

Capitolo 20

Il ronzio era così insistente che si diede uno schiaffo all'orecchio, improvviso e involontario, che la svegliò dal sonno. Era per terra, la schiena dolente, le zanzare le avevano dato il tormento per chissà quanto tempo. Si alzò e una raffica di vento inaspettata sparse le lettere tutte attorno. Succedeva spesso, da quelle parti, come se a un certo punto fosse il vento ad anticipare gli smottamenti o a decidere gli snodi, a prendere decisioni importanti. Cominciò a raccoglierle una per una, con gli occhi gonfi, le lacrime che le bagnavano ancora il viso e non sapevano più dove andare. E non lo sapeva neanche lei, dove andare. Perché c'era un elicottero che volava sulla sua testa? Quanto tempo era passato? Da quanto era lì? Poi cominciò a raccogliere i fogli e sentì la gola secca, la testa scoppiare, le lettere erano ormai ovunque, tra le mani, sul petto, qualcuna volata verso la campagna che le si stagliava tutt'attorno. Non sentiva più niente, solo dolore.

Prese il telefonino e si fece luce recuperandole tutte, una a una. Poi riacciuffò la borsa, finita vicino al muro della scuola, mentre un megafono avvisava la cittadinanza.

VI PREGHIAMO DI NON ALLONTANARVI. LE OPERAZIONI DI DISINNESCO STANNO PER INIZIARE. UNA VOLTA

FINITE, DOVRETE RIMANERE QUA FIN QUANDO IL SIGNOR SINDACO NON DARÀ NUOVE INDICAZIONI.

Tornò verso l'ingresso del liceo, ma il brusio delle persone radunate nel piazzale era meno forte di quanto ricordasse. Che ore erano? Riprese il cellulare, vide le chiamate senza risposta di Angela, poi quelle di un numero sconosciuto, erano le cinque e venti di mattina. Era troppo presto per chiamare i suoi? Perché le avevano nascosto per tutto quel tempo la verità? Loro sapevano, non è vero?

Il piazzale, visto da lontano, era ancora illuminato dai lampioni accesi. Margherita si grattò la guancia con le unghie, le zanzare maledette, camminava e grattava, grattava e camminava fino a quando da una puntura si fece uscire il sangue e con il dito rosso si macchiò pure la camicia bianca, ormai sporca di terra.

Decise di chiamare lo stesso i suoi genitori, era un'emergenza, per tutto quel tempo loro non avevano usato lo stesso tatto con lei. 'Chissenefrega se li sveglio' pensò. Ma il tempo di ascoltare il primo squillo e il telefono si spense, batteria scarica. Lo scaraventò nella borsa e si mise a urlare per la rabbia, aveva un nodo in gola che non riusciva a sciogliere da anni, figurarsi ora. Continuò a camminare fino ad arrivare al campo da basket, ore prima pieno di anziani, polizia locale, bambini che giocavano e genitori in ansia. Erano rimasti ormai solo sacchi a pelo e bottigliette d'acqua sparse per terra. Un signore, avrà avuto sessant'anni, camminava avanti e indietro intorno al campo mentre un gruppetto di ragazzi si passava una canna seduti sugli spalti, ai loro piedi un cimitero di bottiglie di birra vuote. Uno di loro dormiva per terra. Erano tutti giovanissimi, tutti tranne uno che volgeva lo sguardo verso Margherita in maniera insistente. La fissava, ma più la fissava e più lei ricambiava lo sguardo per cercare di capire chi fosse. Continuò a camminare nella sua direzione ma neanche quando gli arrivò di fronte lo riconobbe.

«Scusate ragazzi, avete visto Angela?» chiese.

«Angela chi?» fece uno di loro, ridendo.

«No, niente, grazie» rispose Margherita girando le spalle e facendo per andare dall'altra parte del campo. Si sentì una cretina. Come potevano conoscere Angela? Avevano tutti almeno vent'anni meno di lei.

«Sta dentro» sentì subito dopo.

Si voltò di nuovo. A parlare era stato il più grande del gruppo, che prima l'aveva fissata in silenzio.

«Sono Michele, aggiunse, ti ricordi? La sera al pub?»

Ma certo, era il compagno di Angela. Di lui ricordava solo l'alito che puzzava di gin tonic.

«Oddio, scusa, non ti avevo riconosciuto» si giustificò. «Sta dentro dove?»

«Dentro» ripeté lui tirando fuori dalla bocca una nuvola di fumo. «Prova a vedere in aula magna o nella vostra vecchia classe».

«Ah. Ma quando l'hai vista?»

«Boh» rispose lui con un sorriso ironico.

Margherita lo ringraziò e riprese a camminare verso la scuola.

La porta di ingresso del liceo era ancora quella di vent'anni prima, con il maniglione bianco e rosso difettoso. L'ordigno era stato isolato, sentì dire da un signore corpulento che teneva aggiornate le persone di fianco a lui, una coppia sulla cinquantina.

«Hanno messo pure i droni e venti pattuglie stanno in paese avanti e dietro per impedire i furti nelle case».

«*E minu mal*» rispose l'uomo, sbadigliando sotto i baffi neri.

«Ma quando lo fanno esplodere?» chiese la donna.

«Stamattina, l'hanno appena detto».

«Si muovessero».

Margherita tentò di aprire spingendo più volte il maniglione con il palmo della mano, poi, quando ci riuscì, si diresse verso la quinta A. La classe si trovava subito dopo il primo corridoio e il gabbiotto dei bidelli. Seduti a terra, alcuni adulti con le schiene poggiate al muro e i figli piccoli che dormivano stesi sulle loro gambe. Una madre allattava al seno un bambino, una ragazza con l'iPad sulle ginocchia guardava una serie tv, un'altra di fianco a lei chattava su WhatsApp.

Riconobbe da lontano Ninuccio, steso su un banco che dormiva, e il bambino della sera precedente, quello con il braccio ingessato: teneva il capo sulla spalla della mamma, che al collo aveva un ciondolo dorato con una M. Ne aveva un altro di figlio, steso sulle gambe, la coperta che gli copriva metà faccia.

Marta non era riuscita a chiudere occhio per tutta la notte ma in quel momento si era quasi appisolata. Alberto si era alzato per andare in bagno, così le aveva detto, ma non sapeva quantificare quanto tempo fosse passato da allora. Era riuscita quasi ad addormentarsi, ma il rumore dei passi di Margherita la fece sussultare, alzò la testa e la vide passare dritta. I loro sguardi si incrociarono, d'istinto Marta si accarezzò il ciondolo al collo.

Alcuni volontari nel frattempo avevano iniziato a raccogliere le bottiglie di plastica da terra. Erano gli unici, in quel momento, oltre a Margherita, che passeggiavano per i corridoi della scuola. L'atmosfera era quella di un campo di sfollati con coperte, bottiglie, sacchetti di plastica con i rifiuti della notte. Superato il secondo androne, Margherita stava per entrare nella sua vecchia classe, convinta di trovare lo stesso silenzio dei metri percorsi fino a quel momento, ma dalla porta socchiusa sentì arrivare un brusio familiare. Non era solo la voce di Angela quella che sentiva, l'unica immediatamente riconoscibile. Sembrava che insieme a lei ci fosse un gruppo di persone che parlottavano e discutevano animatamente, sforzandosi però di mantenere i toni bassi. Margherita si fermò sulla porta e le sembrò che insieme ad Angela ci fosse pure Alberto. Non capiva più niente e in un attimo le parve di essere in uno stato di incoscienza. Era un sogno o la realtà? Era ancora sdraiata per terra nel retro del liceo? Perché stavano insieme e perché Alberto non era con la moglie e i figli?

Il terreno cominciò all'improvviso a tremare e fu il segno che no, non era un sogno, la bomba stava per esplodere. Fuori il cielo si era rischiarato e gli artificieri, quindici militari dell'Undicesimo Reggimento Genio Guastatori di Foggia, avevano avuto il via libera per le operazioni di disinnesco. Nel cantiere del vecchio cinema di Peppino, due di loro avevano tolto il congegno di attivazione dell'ordigno, il detonatore e la spoletta, utilizzando una chiave a razzo.

Dentro la classe, Angela urlò: «Ma perché gliel'hai lasciate lì?»

Margherita aspettò ancora sulla soglia, la mano sulla maniglia, pronta a spingere. C'era una terza persona, anche questa una voce che conosceva. Era Denis? E cosa si stavano dicendo?

«Quando dovevo dargliele? Spiegami. Quando? E abbassa i toni, per cortesia».

«Alberto, diglielo. Diglielo tu perché non doveva dargliele ora».

«Tanto prima o poi doveva sapere. Cosa cambia?»

«Cosa cambia?» sbottò Angela. «Che stiamo qui, in mezzo al nulla. Bloccati in questa cazzo di scuola, con quella che non risponde al telefono».

Margherita a quel punto aprì la porta e vide Angela, Alberto e lo sconosciuto. Sua la terza voce, sua la mano che aveva infilato la busta gialla nella cassetta della posta.

L'eco di un boato improvviso fece tremare i muri della scuola.

Capitolo 21

Si mise a sistemare casa, raccogliendo da ogni stanza tutti gli oggetti che aveva seminato durante il mese trascorso a Collina: gli occhiali da sole sulla sedia in cucina, una maglietta infilata tra i cuscini del divano del salone, i trucchi sparsi tra il bagno e la camera da letto dove c'era una grande specchiera usata tempo addietro anche dalla signora Lolli. Cominciò a risistemare tutto e a preparare la valigia, poi andò in bagno e si lavò i denti, si sciacquò la faccia per rinfrescarsi.

Allo specchio Margherita osservò gli occhi cerchiati di viola, li toccò con i polpastrelli seguendo le linee della pelle, poi se li stropicciò e li sfregò velocemente con l'asciugamano. Andò in cucina e aprì il frigo. Dentro c'erano un uovo e una fetta di anguria, che tirò fuori per poi prenderla a morsi. Era ghiacciata e il freddo sui denti le fece rizzare la pelle. Si asciugò la bocca con un tovagliolo, si infilò una maglietta, mise i jeans e prese le chiavi di casa poggiate sul tavolo della cucina. Fece le scale di corsa, poi cominciò a camminare per la strada sterrata, con il sole alto che le scottava il viso.

All'ingresso del cimitero, Ninuccio stava lavando il cancello con un secchio d'acqua.

«Ahhh, finalmente!» disse poggiando il secchio per

terra. Era vestito con una tuta da imbianchino e aveva alcuni stracci sulla spalla destra. Di fianco a lui, una scala di legno attaccata al muro. «Ieri all'alba ti abbiamo cercata per tutta la campagna» disse pulendosi le mani sui pantaloni. «Tra un po' chiamavamo pure *Chi l'ha visto?*».

Margherita fece un grosso respiro e non rispose, superò il cancello e fece la solita strada per arrivare alla tomba della nonna.

«Grazie eh» disse Ninuccio alle sue spalle, guardandola allontanarsi.

Margherita andò a passo spedito, sperando di trovare di nuovo lo sconosciuto. Era scappata ancora, sì, perché quello era l'unico modo che conosceva per proteggersi, ma era arrivato il momento di prendere una direzione, imparare ad amarsi, ci sarebbe mai riuscita? Riappropriarsi della libertà delle proprie scelte era quello che aveva sempre evitato di fare e adesso era il suo punto di non ritorno. E nel luogo in cui tutti pensano alla morte, lei pensava alla vita, alle cose da fare, alle parole non dette da pronunciare per la prima volta. Pensava ai giorni nuovi, alle strade da percorrere e alle scarpe da sporcare, ai viaggi da fare, ai chilometri da macinare, pensava insomma alla più ambiziosa delle libertà: essere se stessa.

Lo sconosciuto apparve appena girato l'angolo, esattamente dove lei contava che fosse. Era agitato, lo vedeva da lontano fare avanti e indietro, e di tanto in tanto si bloccava muovendo in aria le mani come se stesse parlando con qualcuno. Appena la vide, si fermò un attimo, poi le andrò incontro.

«Finalmente» le disse una volta che erano uno di fronte all'altra.

Non gli fece aggiungere altro, lo guardò commossa e poi lo abbracciò abbandonandosi a un'intensità che negli ultimi anni non si era mai concessa con nessuno. Era l'unica cosa a cui pensava da quando aveva letto le lettere di sua nonna, l'unica di cui sentiva davvero il bisogno.

«Perché sei scappata?» chiese lui con la voce rotta.

Ma Margherita non rispose e continuò a stringerlo, prendergli le mani, guardarlo negli occhi.

«Angela non sapeva niente» aggiunse lo sconosciuto piangendo.

«Non importa, ora» rispose lei.

Ninuccio, che stava riempiendo il secchio alla fontanella, si mise a fissarli da lontano e all'improvviso l'acqua strabordò bagnandogli mani e piedi.

«Ero sconvolta» si giustificò Margherita, «avevo appena finito di leggere le lettere di nonna, cercavo una persona amica, una spalla su cui piangere, volevo un po' di conforto. E invece quando ho visto te, Angela e Alberto insieme, ho pensato che lo sapevate tutti. Tutti tranne me».

«Mi dispiace...» rispose lui. «Fammi solo spiegare» aggiunse asciugandole il viso con un fazzoletto. «Quando ti abbiamo visto, in un attimo sei scappata via e con tutta quella gente non siamo più riusciti a trovarti. Ma ti abbiamo cercata tutto il giorno, dove sei stata?»

«Non ha importanza».

«Ho sbagliato, è vero. Abbiamo sbagliato tutti, perché il giorno del funerale dovevamo dirtelo subito. Ma ogni volta che ci incontravamo, era la stessa cosa» aggiunse. «Non trovavo il coraggio. Poi ho chiesto ad Angela di aiutarmi, ma secondo lei ero io la persona che doveva affrontare con te questo momento. E aveva ragione».

Margherita lo guardò e lo abbracciò di nuovo.

«Te le ho fatte trovare nella cassetta della posta perché era l'unico modo per dirtelo». Poi, dopo un attimo di silenzio: «Tu l'hai capito, vero, chi sono?»

Fu allora che si guardarono e ripresero a camminare per arrivare alla tomba, lì dove tutto era finito e dove tutto doveva ricominciare.

«Di solito un bambino riceve più o meno metà del proprio patrimonio genetico dalla madre e metà dal padre, io ho pezzi di DNA in cui i geni ereditati dai miei genitori sono identici. È per questo che zoppico».

«Ho bisogno di sedermi» disse lei.

Si misero al solito posto, sul gradino vicino alla tomba.

«Ho vissuto tutta la vita nell'orfanotrofio di Collina. Il palazzo patronale che c'è sul corso, gli stucchi ai soffitti, il portone grande di legno con la maniglia di ottone. Per me esistevano solo Claudia, Alessio e le gemelle, i bambini con cui sono cresciuto. Claudia era la mia migliore amica, era stata abbandonata dai genitori dipendenti da eroina. Alessio è un ragazzo affetto da una sindrome rarissima per cui non poteva esporsi alla luce del sole. E poi le gemelle, che avevano perso i genitori in un incidente stradale. Infine c'ero io, *'U pacc'*. Mi hanno sempre chiamato così perché una notte di novembre sono uscito dall'orfanotrofio e mi sono messo a urlare sotto la pioggia, piangendo. Sono rimasto là fuori al freddo per cinque ore e solo suor Maria è riuscita a farmi rientrare, dopo che la polizia locale aveva chiamato il TSO».

«Le lettere te le ha date zia Gemma?» chiese Margherita asciugandosi gli occhi.

«Ci siamo scritti e visti per tanti anni, con tua nonna. Grazie a zia Gemma ci vedevamo a Roma, quando mamma stava ancora bene. Mi faceva vedere le tue foto, mi raccontava tutto di te, di tua madre, di voi, della vita felice che era finalmente riuscita ad avere. Non sai quante volte sono passato davanti casa vostra per sbirciare, vedere com'eri. Poi zia Gemma è morta. La notte del 23 novembre, non potrò mai dimenticarlo. La malattia di mamma era già in fase avanzata e io non l'ho più rivista, erano questi i patti con zia Gemma. Glielo giurai sul letto di morte».

«Ma perché?»

«Perché tua nonna voleva portarsi questo segreto nella tomba. Poi zia Gemma, l'hai conosciuta, ha deciso di fare di testa sua. Ha raccontato tutto a tua madre e ha dato le lettere a me».

«Non so come abbia fatto».

«Chi?»

«Nonna. Come ha fatto per tutti questi anni a non parlare, a non dirci niente, a nascondere tutto? Ora capisco tante cose...»

«Anche di te?» chiese lui sorridendo.

«Anche di mia madre» rispose lei.

Si strinsero la mano e rimasero a lungo lì, davanti alla foto della nonna, a raccontarsi ciò che non sapevano l'uno dell'altra. Gli anni trascorsi a Roma, quelli a Collina, a pochi metri di distanza, due strade parallele che non si incrociavano mai. Fino a quando si alzarono e iniziarono a camminare piano verso l'uscita, era ora di andare.

Ninuccio li vide passare così, mano nella mano. Fece un cenno del capo per salutarli e loro ricambiarono proseguendo verso l'uscita. Allungarono il passo in direzione di piazza San Sebastiano, passando davanti al negozio chiuso dove lavorava Angela. Margherita le scrisse un messaggio: 'Parto domattina alle otto'. Poi chiamò Alberto, senza allontanarsi dallo sconosciuto.

«Puoi parlare?»

«Sì».

«Perdonami, ti prego» gli disse con la voce rotta.

Avrebbe voluto dirgli molto di più, ricordargli quella canzone che ascoltavano nella macchina del padre, quando attraversavano la Puglia per andare a Lucera dalla zia prof: *tu e io abbiamo ricordi più lunghi della strada che ci si perde di fronte.*

Ma chiuse la telefonata senza rimorsi. Tornò a casa con lo sconosciuto e si fermarono sulla strada sterrata di fronte alla facciata del palazzo. La guardarono in silenzio, i fari dei lampioni si accesero all'improvviso e illuminarono le finestre chiuse.

Ogni famiglia ha un segreto, piccolo o grande che sia: una rosa regalata dall'amante e nascosta dietro una libreria, il ricordo del profumo dell'ex cercato ogni tanto nell'aria, un libretto universitario con voti finti, dei libri orgogliosamente esposti e mai letti. Il loro segreto era entrato dalla porta di casa e si era seduto sulla poltrona verde di velluto accanto alla salma della nonna. E ora era lì con lei, di fronte a quella casa. Nel giardino le belle di notte si schiusero e lasciarono nell'aria un profumo fresco d'estate finita.

Sono le 7:45 e sono davanti al binario che deve riportarmi a Roma. Da lontano vedo arrivare Angela con i capelli raccolti in una coda di cavallo che le scopre le orecchie, slanciando la sua figura snella. È con Denis, sono mano nella mano, ha un vestito lungo nero da cui spunta una collana di giada. Mi abbraccia, poi ci guardiamo negli occhi.

«Scusa».

«Per cosa? Perché sono un'idiota?» dice lei, ridendo e piangendo insieme.

«Ti voglio bene». Lo sferragliare del treno in arrivo sul binario copre la mia voce. «Abbiamo tante cose da raccontarci ancora».

Angela mi sorride, guarda Denis, sorride anche lui.

«Abbi cura di lei» gli dico e salgo sulla scaletta del treno che si è appena fermato.

Sulla fronte le appare la solita vena che le colora all'improvviso il viso candido. Restano impalati a osservarmi mentre salgo e prendo posto sul vagone, li guardo dal finestrino commossa. Gli faccio segno di andare, non voglio piangere ancora, cerco di farglielo capire mimando le lacrime attraverso il finestrino bloccato.

Sorridono, mi salutano di nuovo con la mano e poi li

vedo allontanarsi sullo sfondo delle strade di campagna ancora deserte. Prendo il cellulare e invio un messaggio a mia madre.

'Sto tornando, ho voglia di vedervi'.

I vagoni sporchi sono pronti a ripartire, il capotreno si affaccia per controllare le porte, io mi siedo di nuovo al mio posto, la carrozza è proprio davanti all'entrata della stazione. Due cani randagi passeggiano sul ciglio della strada sbadigliando, il treno ha sempre i bocchettoni dell'aria condizionata rotti come quando sono arrivata. Guardo la valigia che ho sistemato di fronte, su un sedile ancora vuoto e pieno di scritte. Immagino gli studenti pendolari, i liceali come un tempo eravamo state io e Angela, che si scambiano messaggi scrivendoli a penna sul treno che li porta a scuola. Vedo riflesse sul finestrino le immagini del viale alberato che porta a piazza San Sebastiano e poi la fontana, il bar De Bonis, il muro di Saddam, i luoghi della mia infanzia. Dalla strada della stazione vedo arrivare in velocità una station wagon grigia. È una di quelle macchine familiari, sporche e provate forse da un viaggio lungo. Mi sbaglio. Sento l'avviso della voce registrata invadere il corridoio del vagone.

'Treno diretto a Barletta, preghiamo i signori accompagnatori di scendere'.

Pochi istanti dopo, le porte sono già bloccate.

La station wagon fa in tempo ad arrivare e parcheggiare in un posto riservato al personale di servizio. Vedo Alberto uscire di corsa dalla macchina e avvicinarsi ai binari. Mi alzo con l'istinto di aprire il finestrino, tiro con forza premendo sulle maniglie nere e impolverate.

Per aprire, chiamare il conducente

Lo farei, ma il treno comincia a muoversi a scatti. Alberto arriva sotto il mio finestrino, si sposta seguendo lentamente il vagone con piccoli passi laterali. Segue la direzione senza parlare, tenendo gli occhi fissi nei miei in una marcia di addio fatta solo di sguardi. Non dice niente, lui sotto e io sopra come sull'altare di un amore finito.

Il treno comincia a prendere velocità e i nostri battiti insieme a lui. Poi, all'improvviso, Alberto è costretto a fermarsi. Rimane immobile, io vado di nuovo via. Resto con la fronte attaccata al finestrino a guardare il sole che comincia ad alzarsi tra i campi secchi e le strade curve e deserte di agosto, abbandonate per le più attraenti mete del mare. Un dedalo di vie polverose che dai monti Dauni, schietti e selvaggi come i briganti, mi accoglierà ancora verso sud tra i fianchi morbidi del Tavoliere dove i terreni paludosi si trasformano, dalla primavera in poi, in mosaici dalle mille sfumature che danno il meglio di sé come i pavoni che aprono la coda per impressionare la femmina.

Mi siedo con lo sguardo perso tra le scritte degli studenti sul sedile di fronte al mio. Ne fisso una rossa, è sul poggiatesta vicino al finestrino, spicca in questo mosaico nero di voci e dediche di inchiostro. C'è scritto:

Ciao per sempre

Ringraziamenti

«La fantasia umana è immensamente più povera della realtà» diceva Cesare Pavese e lo penso anche io. Ho scritto questo libro in otto anni, anni in cui la realtà e le esperienze personali si sono mischiate alla finzione narrativa, in un principio di vasi comunicanti essenziale per tanti autori e autrici, me compresa.

Grazie ad Alessandra, per aver reso tutto questo possibile. Grazie a Stefano per aver creduto nella mia voce quando non ci credevo neanche io. Ringrazio Michelangelo per la riconciliazione con la mia terra e Massimo per avermi aperto la sua porta quando andavo in giro con un malloppo di fogli confusi. Voglio ringraziare anche tutti i no contro cui ho combattuto negli ultimi sette anni per la pubblicazione, grazie alla sorellanza di Angela e alla musica di Claudia che ha ispirato il titolo. Grazie a Joseph per essere mio fratello e alla mia famiglia per avermi messo al mondo. Grazie a Giuseppe per il fascicolo su cui ho pianto, grazie a Giuseppe e Margherita perché senza di voi e il vostro incoraggiamento, questo libro sarebbe rimasto un file di Word nel pc e io non sarei la donna che sono. Grazie a C. e M. per il vostro sangue, il vostro amore e il vostro sorriso, che è anche l'unica cosa che resta.

Questo libro è stampato col sole

Azienda carbon-free

Fotocomposizione: Alessio Scordamaglia

Finito di stampare
nel mese di aprile 2021
per conto di Adriano Salani Editore s.u.r.l.
da Grafica Veneta S.p.A. di Trebaseleghe (PD)
Printed in Italy